Ingrid Frank

Kira

www.verlag-texthandwerk.de

Die Autorin

Ingrid Frank hat 2017 mit „Inga. Eine Auszeit in Mayo" schon einen Roman veröffentlicht, der Leser*innen dazu einlädt, ganz hautnah die ungewöhnliche Geschichte einer Frau zu erleben, die sich weit ab von allem, was „man so tut" auf die Suche macht ... auf die Suche nach Heimat, Wurzeln und Liebe. Wie auch in „Kira" mit einer ganz eigenen Sprache, einer unverwechselbaren Stimme.

Die Autorin ist Jahrgang 1964, hat Theologie und Sozialpädagogik studiert, mehrere Zusatzqualifikationen erworben und in unterschiedlichen Berufsfeldern gearbeitet.

Derzeit lebt sie in Hannover und arbeitet in einer Jugend- und Familienberatungsstelle.

*„Meine Lust zu schreiben mit der Lust an einer Veröffentlichung zu verknüpfen, ist ein Wagnis, das mich reizt. Ich wünsche mir Leser*innen, die Kira mögen."*

Ingrid Frank

KIRA

© 2019 Ingrid Frank

Covergestaltung: Uschi Ronnenberg,

ronnenberg-design.de

Lektorat: Maria Al-Mana, texthandwerkerin.de

www.verlag-texthandwerk.de

ISBN
978-3-7482-6756-0 (Paperback)
978-3-7482-6757-7 (Hardcover)
978-3-7482-6758-4 (e-Book)

Druck und Herstellung: tredition GmbH, Hamburg

Für meinen Sohn Hannes, ohne den ich nie auf die Idee gekommen wäre, mir *die* Traviatainszenierung[i] anzuschauen, mit der ich Kira so viel nähergekommen bin.

Inhalt

Vorwort

Gespräche der Ich-Erzählerin mit der ihr unbekannten Kira an unterschiedlichen Orten bilden die Rahmenhandlung dieser Geschichtencollage. Die Geschichte setzt sich in den Begegnungen der beiden Frauen aus Erzähltem zusammen.

Das, was entsteht, ist mehr.

Ich habe mitten im Schreibprozess die Verdi-Oper La Traviata in der Inszenierung von Benedikt von Peter gesehen und Nicole Chevalier in der Rolle der Violetta Valéry erlebt. Und habe mir diese Inszenierung drei Mal angeschaut.

Die sich nach Liebe sehnende, zweifelnde Violetta, deren geliebter Alfredo letztendlich zu spät kommt, um mit ihr glücklich werden zu können, ist mit meiner Kira immer mehr verschmolzen – auch, wenn Kira bereits vor der Traviata existiert hat. So wie diese Violetta singt und ihre Seele auf der Bühne zeigt, sehe ich Kira: sehnsüchtig, verletzt, einsam, stark-schwach, liebend, voll Angst, krank – eben ‚La Traviata', die vom Weg Abgekommene.

Die meisten Überschriften der Kapitel, in denen Kira aus ihrem Leben erzählt, sind Arientitel[ii]. Sie machen vielleicht neugierig auf die Oper.

Leserinnen und Leser von Kiras Geschichte aber müssen weder Opernfans sein, noch die Traviata kennen, um dieses Buch zu verstehen.

Prolog

Ich betrachtete den ledernen Einband auf meinem Schreibtisch.

Sollte ich mir seinen Inhalt ansehen?

Ich nahm den Stapel Papier nebst Hülle in die Hand und schlug den edlen Umschlag auf. ‚Kira', stand auf der ersten Seite.

Ich hatte meine Manuskripte geordnet, manche waren mit schwarzer Tinte geschrieben, andere getippt. So lagen sie nun schon seit einiger Zeit da auf dem Regal, neben meinen Lieblingsbüchern, Muscheln vom Atlantik, einer abgebrochenen Tonfigur und einem schwarz-weißen Foto aus meiner Kindheit.

„Fertig. Und jetzt?"

Ich blätterte.

„Fast vollendet. Am Anfang hatte ich nur Fragen im Gepäck. Am Ende eine neue Welt."

Noch gehörte Kira mir. Ich legte den Umschlag wieder auf meinen Tisch.

Es war an der Zeit, sie herzugeben.

Die Traviata

Sie stand in diesem übergroßen schwarzen Mantel auf dem Vorplatz der Oper und rauchte. Ihre an diesem Tag leuchtend rot gefärbten Haare hoben sich von der Menge ab. Die rechteckige Tasche, ein Ungetüm, hing an einem langen Lederriemen an ihr herunter und zog sie in die Tiefe.

Offensichtlich hatte sie sich, genau wie ich, die Vorstellung allein angeschaut. Ich mochte es nicht, von irgendeiner Art Begleitung gestört zu werden, mochte niemanden, der mich womöglich vom Sehen, Hören, Fühlen abhalten konnte.

„Guten Abend", ich stellte mich neben sie und zog ebenfalls eine Zigarettenpackung aus meiner Tasche, „ich hab mein Feuerzeug vergessen ..."

Sie nickte und reichte mir ihres hin. Ich sah, dass sie geweint hatte.

„Die Traviata?" fragte ich vorsichtig, Sie nickte wieder. „Die Ouvertüre ... da ist schon alles drin."

„Ja, das verstehe ich. Ich sehe das Stück jetzt schon zum dritten Mal." Es bedurfte keiner Worte, das weiter zu erläutern – ich tat es trotzdem, „Ja alles. Sehnen, Lieben, Enttäuschen, Sterben ... Addio del Passato – Un Di, Felice, Eterea ..."

Ein paar Besucher hatten die Vorstellung vorzeitig verlassen. Die, die bis zum Schluss geblieben waren, tobten, weinten, applaudierten exzessiv. Die Intensität der Musik hatte sie erfasst. Die Inszenierung hatte Ballkleider, Anzüge, Krawatten, Schuhe, Körper durchdrungen, sich in die Poren der Haut bis tief in die Seelen gegraben. Die Frau neben mir zeigte ein Beben der Haut, der Nasenflügel, der Stimme, mit dem sie mir zu sagen schien, dass offensichtlich eine ganz besondere Form der Berührung stattgefunden hatte.

„Kira", stellte sie sich vor.

Ich lächelte, „ich schreibe, manchmal journalistisch, manchmal literarisch, kleine Essays, Porträts." Ich wusste plötzlich, dass ich über sie schreiben wollte. Etwas an dieser Frau zog mich in Bann, in das kindliche Gesicht waren Spuren eingegraben, wie Kinder sie nicht mehr haben. Ihr Blick sprach von etwas, was ich ebenso ergründen wollte wie ihr Äußeres, das eine Form zu verbergen schien, die mein Interesse weckte.

„Diese verzehrende Sehnsucht, diese Ungerechtigkeit am Ende ...", Kira war bei der Traviata, „vermeintliche Liebe ... Krankheit ... diese Stimme, die sich aufbäumt, das Innere nach außen kehrt."

Es fiel mir schwer, die Intensität aufzufangen, etwas zu entgegnen, um den Moment in ein Gespräch zu verwandeln. Dass das „wollen wir etwas trinken gehen?" der Beginn einer langen Kette von Begegnungen sein würde, wusste ich damals noch nicht.

„Beim Ausruhen möge sich die Genussfähigkeit wieder stärken", zitierte sie aus der Traviata. Ich lächelte, „den Rest der Nacht lasst uns von anderen Freuden aufhellen."

Ich wollte sie kennenlernen, finden, sie beschreiben. Verstand ich mich doch lang schon als ‚Menschensammlerin': Damals als ich Journalismus und Religionsgeschichte studierte hatte und auch dann in dem Job, der mir eher zugefallen war und jetzt irgendwie an mir klebte: Station 53, depressiv Erkrankte betreuen. Seit 15 Jahren verdiente ich da meinen Unterhalt, seit zwei Jahren mit verringerter Stundenzahl und stattdessen neuen, journalistischen Ideen im Gepäck. Trotzdem müde.

Und nun hatte Kira sich mir in den Weg gestellt.

„Was gibt's?"

Da, wo das Hinweisschild stand, hatten Graffitykünstler etwas Neues entstehen lassen. Und so fand ich den Weg zu dem Ort, an dem ich Kira treffen sollte, nur mühsam und beinah zu spät.

Sie hatte mir von einem philosophischen Seminar erzählt, das sie belegt habe und ich hatte mich kurz entschlossen auch dort angemeldet.

Zuerst sah ich ihre Hände, so ganz und gar keine, wie Philosophinnen sie haben sollten, dachte ich und schaute wie gebannt auf die kräftig breit geformten Flächen, die markant knochigen Finger.

Das Schild führte im Gelände der Akademie zu dem Gebäude, wo ,Workshop B, Thema Kommunikation, Fachbereich Philosophie' stattfand. Es war leicht, noch zugelassen zu werden.

„Ich träume nicht mehr davon, Promovendin zu sein", erzählte sie mir.

„Hast du je ernsthaft davon geträumt?" Ich musterte sie: Wie sah eine Philosophiepromovendin aus? Hier stand Kira, vielleicht war sie Mitte dreißig, mit diesen Händen und den großen Augen, Blümchenbluse und grüner Strumpfhose zwischen all den anderen Studierenden. Genau wie die junge, kahlrasierte Frau auf dem Hof, deren magere Beine in großlöchrigen Netzstrümpfen und die Füße in Doc Martens steckten, weckte sie, obwohl sie schon älter als die meisten war, unmittelbar den Impuls, sie zu beschützen. Ich kannte meinen Beschützerinstinkt nur zu gut. Ich wollte ihm widerstehen.

Als ob sie meine Gedanken lesen könne, zeigte Kira zu der jungen Frau im Hof, „Interessante Leute hier, oder? Ihre blauen Augen, wie sie so schwarz gerändert aus dem Hungergesicht schauen, die Art, wie sie zur immer gleichen Zeit an der Absperrung da hinten ihre Zigaretten dreht ...", Kira sah mich an. Ein sehr weißes Gesicht, die glitzrige Haarklammer verloren in einer fransigen Frisur.

„Etwas denken, was noch niemand gedacht hat und dafür Anerkennung bekommen. Das wäre doch etwas", sagte sie und der Tonfall signalisierte mir ein 'Nicht nachfragen, bitte!'

An der Tür zu Raum F 308 verteilte eine Frau in übergroßem Antirassismus-Shirt Flyer. Steif stand sie da, ernst.

Ich wandte mich Kira zu. Trotz des eher schweren Körpers wirkte sie irgendwie flüchtig. Kira, die Philosophin: Ich stellte mir vor, wie sie Stunden über Stunden an ihrem Schreibtisch verbringen konnte, in irgendein Buch vertieft; den Geruch von wortgeschwängertem Staub liebte, papiergewordene Klugheit einsog und womöglich davon träumte, balancieren zu können, auf dem Grat zwischen Philosophischem, Spirituellem, Transzendentem. Es gefiel ihr, dass ich sie ansah.

„Ich bin hier gern. Ein Sog, ein Taumel, dem ich mich gern hingebe, Gespräch für Gespräch, Seite für Seite, Zeile für Zeile. Manchmal."

Kira sah nicht aus, als lese sie viel. Die Art, wie sie sich gab, redete, gestikulierte, machte sie besonders. Ich meinte deutlich Spuren von Etwas wahrzunehmen, dem ich keinen Namen zu geben wusste.

Wir betraten den Raum. Ich ließ mir von der Aktivistin einen Flyer geben und steckte ihn in die Tasche. Kira ignorierte sie.

Der Dozent, ein Kommunikationstrainer, stellte sich als Heiner Piekenburg vor. Er lud ein, sich mit dem Thema Heimat zu befassen, darüber Kommunikationsmuster zu erarbeiten und die anhand der Themen Erfahrung, Erinnerung, Mitteilung zu analysieren. Ich flüsterte Kira zu, „hier in Frankfurt ist er aufgewachsen, steht im Reader zu dieser Veranstaltung, vielleicht deshalb das abgegriffene Thema." Kira verzog keine Miene.

Er erzählte von seiner Vergangenheit in dieser Stadt, die er vor etwa 20 Jahren verlassen hatte und verknüpfte seine Erzählungen damit, Theorien des Erinnerns vorzustellen.

Mit seiner Oma habe er im Café Kante am Merianplatz Käsekuchen gegessen, das sei das Höchste gewesen, weshalb er auch jetzt noch dieses Ritual mit Frau und Kind pflege. Er lächelte verlegen; Kira fand ihn langweilig, sein Äußeres ebenso wie die Versuche, seine Verlegenheit angesichts rührseliger Gefühle mit Scherzen zu übermalen. Er fuhr ungehindert fort, von den Demonstrationen für Frieden und gegen Atomwaffen an der Hauptwache zu erzählen, zeigte ein entsprechendes

Foto, auf dem langhaarige Bartträger Bettlaken hochhielten, auf denen „Frieden schaffen ohne Waffen", „make love not war" in schwarzen, selbstgemalten Lettern stand. Auch die Schilderung seines ersten Kusses ersparte er den Seminarteilnehmern nicht, irgendwo in der Nähe des Großmarkts, nahe der Eisenbahnbrücke über den Main sei das gewesen. Susi habe die Angebetete geheißen, eigentlich Susanne, den Namen hätten damals viele Mädchen gehabt.

„Ich habe auch einmal ein Mädchen namens Susanne geküsst, die hatte rote Locken und viele Sommersprossen." Kira flüsterte in meine Richtung. „Das war ungefähr in der sechsten Klasse. Die Haut dieser Klassenkameradin war sehr weiß, vielleicht wie die der jungen Studentin da draußen", sie zeigte auf den Campus.

Wieder zog sie sie mich in ihren Bann.

Was war plötzlich los mit mir? Was wollte ich hier? Was von ihr? In meinem Kopf ratterte es: Hessenheimat, Heimat Hessen. War Hessen meine Heimat? Was ist Heimat? Wer ist Kira?

„Hey, teilst du auch was mit, von dem, was du da ausbrütest?" Hilke, eine Studentin, die es übernommen hatte, Ergebnisse auf der Flipchart festzuhalten, schubste mich an. Ich schaute auf, „Ich, ich bin auch hier in der Nähe aufgewachsen ..."

Ich spürte nun Kiras Interesse an mir.

„Umso besser", Heiner schaute mich an, „dann verknüpft dein Gehirn jetzt Erfahrung, Information und emotionale

Erlebnisinhalte und du kannst uns etwas erzählen, nicht nur erzählen, nein anschaulich machen, lebendig werden lassen ..." Ich sagte nichts.

Mir war unklar, ob Kira neben mir sich langweilte, eigenen Gedanken nachhing, neugierig war oder nichts von all dem. Sie starrte auf die Wand. „Die Maserung beunruhigt mich", sagte sie nach einer Weile, „lauter Gespenster." Dann sah sie aus dem Fenster in die Weite, der Himmel war grauverhangen, vielleicht würde es noch regnen. Sie sagte auch weiter nichts.

Heiner versuchte noch einmal, mich anzusprechen, offenbar verstand er aber, dass da nichts mehr anzusprechen war.

Er setzte seinen Vortrag fort: manchmal sei es schwer, sich zu erinnern. Es fühle sich dann an, wie in einen Tunnel zu fallen, in eine Röhre, deren Stahlwände Kontakt verhinderten, die zugleich schützten und etwas verhinderten: das Aufkommen der Bilder.

Matilda, eine beflissene, unscheinbare, junge Frau, sprach, als spreche sie gegen diesen Tunnel an.

Sie sprach druckreif.

Heiner korrigierte ihren Vortragsstil nichtsdestotrotz, strich sich immer wieder zufrieden über die sich anbahnende Glatze und wandte sich dann an Kira: „Ich mag deine Farben", er deutete auf ihre rote Kette, die sich von der geblümten Bluse abhob und Ton in Ton mit den eigenwilligen Schuhen korrespondierte. Sie lächelte und sagte, dass die Kette nichts zur Sache beitrage und blieb dabei, auch weiterhin nichts zu äußern.

Die Beiträge der anderen zogen an mir vorüber: Ich war abgetaucht. So gut ich diesen Zustand auch kannte, ich mochte ihn nicht.

Warum war ich hierhergekommen? Warum folgte ich Kira?

Die fing plötzlich an zu erzählen: „Hessen ist rot, gefährlich rot, nicht politisch rot. Voller Verbote. Blutrot auch", sagte sie, „wie meine Kette, ‚Devil Hunter Soul Stone' übrigens, Mangaschmuck" und dass sie an ihre Schwester denke, „Valeria hat Monate in der Psychiatrie zugebracht, nachdem sie sich die Arme aufgeschnitten hatte. In Gießen befindet sich die Anstalt, da, wo das Elefantenklo ist, wie die Leute sagen und dabei verschämt lachen. Ich erinnere mich nur verschwommen an sie. Sie ist nur ein Jahr jünger als ich, sie liebte auch Mangas ..." Kira sprach wie von weither.

Gundula, die Pflegemutter habe es ihr erzählt. Valeria habe ebenso wie sie in einer Pflegefamilie gelebt, später im Heim. Sie wären früh getrennt worden. Ich spürte, wie nah sie sich ihr fühlte, aber vielleicht gar nichts weiter von ihr wusste.

Kira wollte nicht weiter von der Schwester erzählen. In Frankfurt lebte Gundula, die Pflegemutter, die sie mindestens einmal im Jahr besuche. Sie fand Anlässe wie zum Beispiel dieses Seminar, um mal wieder vorbeizukommen, so nannte sie es. Deshalb also war Kira immer wieder in Frankfurt.

Auch für mich war diese Stadt eine Herkunftsstadt. Mir fiel ein, dass etwa 50 Kilometer entfernt die Gemeinde mit dem seltsamen Namen Linsengericht lag.

„Ich bin da in der Nähe aufgewachsen, da hab' ich mein Hessisch her, auch wenn meine Eltern Zugezogene sind. Was soll ich erzählen? Ein bisschen langweilig war es. Irgendwann bekamen wir einen Farbfernseher, aber wirklich bunter wurde das Leben damit auch nicht."

Kira schaute mich an.

Ich hörte unvermittelt auf, weiter zu reden. Kira spielte mit dem Wort Linsengericht: "Biblisch ist das, Jakob und Esau, Freiheit, Linsen essen, Gericht, Schuld ... Schuld, Schuld, Schuld ... Es sind die ewigen Schuldgefühle, die alles andere als freimachen: schwer, gefangen, eng ... So ist es."

Sie stierte vor sich hin.

Ich fröstelte.

„Hey, Kira, wo bist du?", Chris, einer, der seine langen Haare zum Pferdeschwanz band und dann aufsteckte, stieß sie an. „Nichts." Kira schüttelte seine Hand ab.

„Also, wir sollen hier Kommunikation üben oder analysieren – und deine Art der Kommunikation ist ausgesprochen merkwürdig!" Chris war hartnäckig.

Heiner setzte seine neurophysiologische Abhandlung darüber, wie emotional Erlebnisinhalte mit Bildern, in welchem Teil des Gehirns gespeichert würden, fort.

Kira fand es überflüssig, ihren Manga-Paper-Block aufzuschlagen und etwas auf das Papier zu schreiben. Sie ging zur Toilette und setzte ihre Gedankenreihe fort, als sie wiederkam, warf sie ein: „Das Klo, der Quadratmeter Raum, der Sitz, auf dem man Abdrücke in die Oberschenkel bekommt, wenn man nur lang genug sitzen bleibt, die kalkweiß gestrichene, schmucklose Wand, der Klopapierabziehroller, die Klobürste, vor der mich ekelt: Für mich ist dies der Zufluchtsort schlechthin, immer gewesen, ein Heimatort gewissermaßen: über viele Grenzen hinweg, überall gab es die immer ähnlich gestalteten Toilettenräume, die eine Art Heimstatt sein können, Zuflucht, Vertrautheit, Entlastung ...", sie hörte auf zu reden, als sie merkte, dass viele lachten.

Und dann hatte sie keine Lust mehr und verließ den Raum. Wenn ich aus dem Fenster schaute, sah ich sie im Hof.

Sie ging geradewegs auf die Punkerin zu, die immer noch dort stand und fragte sie nach einer Zigarette. Die junge Frau hatte Lippenstift aufgetragen, der sich blutig von der weißen Gesichtshaut abhob; hielt ihr eine Selbstgedrehte hin und dann gab Kira ihr einen Kuss auf die Backe.

Sie kam dann noch mal kurz in den Seminarraum und ging kommentarlos an den anderen vorbei, nickte mir zu, sagte zu Heiner gewandt etwas wie „tschuldigung, ... Magen-Darm-Probleme ..." und verschwand, nicht ohne mir „wir sehen uns" zuzuraunen. Ihre Handynummer hatte sie mir bereits zugesteckt. Ich war verwirrt.

Vielleicht deshalb rief ich sie schon nach ein paar Tagen an und verabredete mich mit ihr. Es fühlte sich leicht an.

Wir tranken Apfelwein in einer Bockenheimer Studentenkneipe, lachten über das Seminar und dann erzählte Kira von ihrem Frankfurt:

„Ihr Freunde auf, schlürfet in vollen Zügen"

Die eine Brötchenverkäuferin hat einen polnischen Akzent, das dunkle Kopftuch der zweiten Frau hinter dem Tresen deutet daraufhin, dass sie Türkin ist, oder möglicherweise auch arabischer Herkunft. Die Frau, die ein Dinkelbrot kauft und zusätzlich ein paar klebrige Gebäckstücke, spricht russisch.

Kira verlangt eine Brezel. Brezeln geben ihrem Magen den Sättigungsgrad, den er braucht, um nicht unzufrieden zu sein und eine Heimeligkeit, wie es außer Laugenbrezeln wenig andere Lebensmittel vermögen. Nussbraunes, krosses Außen und weißweichklumpiges Innen. Nicht einmal Nudeln haben den gleichen Effekt, obwohl Kira auch denen einen tröstenden, wenn nicht sogar heilenden Effekt zuspricht.

Am besten schmecken die Brezeln in Frankfurt.

„Frankfurt ist die Stadt, die man immer wieder passiert, mir jedenfalls passiert es, hier immer wieder durchzureisen", so beschreibt Kira ihre Beziehung zu der Stadt, die sie manchmal auch ‚mein Frankfurt' nennt ...

In Frankfurt wohnt Gundula. Sie ist 71, seit zehn Jahren schon Witwe. Gundula ist Kiras Pflegemutter.

Als Kira sich das Gleis entlang vorwärts, auf das Bahnhofsgelände hin zubewegt, spürt sie Frankfurtluft: etwas wärmer als in vielen anderen Städten, ein bisschen stickiger, ein Minztee-Bier-Hefe-Parfum.

Sie sucht in ihrer Tasche, fingert nach dem Zigarettenpäckchen, den Streichhölzern. Sie zündet sich eine an. Vor dem Haupteingang bewegen sich Männer mit herunterhängenden Schultern hin und her und versuchen, von den Umstehenden Geld oder wenigstens eine Zigarette abzubekommen. Einer steht im Türrahmen und singt. Vor ihm auf dem Boden eine Blechdose. Kira wirft nichts hinein. Aus Prinzip nicht. Manchmal doch. Sie gibt dem einen eine Zigarette; der, der leer ausgeht, beschimpft sie.

Ein paar Handwerker befestigen eine Girlande. Es ist Ende November. Advent, bald Weihnachtszeit: Alles würde bald glitzern und blinken, nach Glühwein und Maronen riechen und die immer selben ‚Jingle Bells' und ‚Last-Chrismas'-Lieder würden sich zwischen den Menschen hindurchschlängeln, sie etwa vier Wochen lang wiegen, schaukeln, einlullen.

Kira drückt die Zigarette aus, nimmt die Rolltreppe runter zur U-Bahn. U 5 Richtung Innenstadt, Dom. Dort ist sie in einem italienischen Lokal verabredet.

Es sind Jahre vergangen, seit sie die Schulfreundinnen zuletzt gesehen hat. Sie weiß nicht, ob sie sich freut. Sie geht gedankenverloren, wie dorthin getrieben zu einer Zusammenkunft, von der sie sich etwas Unbestimmtes erwartet, vielleicht auch gar nichts. ‚Alte Kontakte‘, ‚alte Freundinnen‘, klingt nach Kleidersammlung, nach Mottenkiste, findet sie und weiß, dass sie ihnen nichts erzählen würde von dem, was jetzt ihres ist. Sie würde ihre neuen Blütenblätter zusammenfalten, so, als seien sie noch gar nicht ausgetrieben. Damals hat sie auch nicht geredet. Von dem, was ihres war, konnte sie nicht reden. Sie hatte gelernt, eine Schulfreundin zu sein, wusste, wie man sein musste. Das andere hatte sie verschwiegen. Es ging keinen was an. Es hatte keine Worte.

Sie bestellen Wein und Pasta, vergewissern sich gegenseitig ihres Wohlergehens, dem der Kinder, der Partner. Kira langweilt sich, hört zu und nicht zu. ‚Wie damals auch‘, denkt sie und staunt über die Dinge, die die anderen jetzt so unternehmen: ein Studium der Literatur, Engagement in einer Frauengruppe, die Erkundung Brandenburgs, die neuen Länder seien nämlich auch nach fast 30 Jahren immer noch neu ...

"Wir haben alle drei noch viel vor", sagt Elvira, und: „Wir brechen doch gerade wieder neu auf" – ‚Wohin?‘ Kira stellt die Frage nicht laut.

Vor dem Fenster liegt die Stadt. Schwarze Nacht. Der Nieselregen lässt die Lichter schwimmen.

Sie reden flach, halten den klebrigen Moment, den sie sich hier organisiert haben, fest. Der Wein, ein Riesling, ist ein ‚Domhof‘. Er schmeckt nach Pfirsich und Muskat.

Kira wird bei ihrer Pflegemutter schlafen. Die wartet und wartet nicht mehr. Gundula weiß, dass Kira kommen wird. Sie haben sich wenig zu sagen. Auch das weiß sie. Sie freut sich dennoch, hat Geschenke auf dem Tisch liegen, ein Tuch, Kekse. Sie seien erst verbrannt, dann habe sie noch einmal neu gebacken. Sie zeigt ihr das Rezept. Gundula hat es aus einer Zeitschrift ausgeschnitten und sorgfältig gefaltet. Kira fragt sich, ob sie das berührt. Sie fühlt Watte.

Sie schauen fern, kommentieren den ein oder anderen Vorfall, schützen sich damit voreinander. Jede lebt mit der je eigenen Kälte.

Kira schaut ihre Pflegemutter an. Ihre Hüfte müsse saniert werden, sagt sie. Sie würde es richten lassen, es tue ihr weh beim Gehen.

Dann zeigt sie Kira etwas auf dem Stadtplan, beschreibt einen Weg, als sei es der Weg ihres Lebens.

Die Pflegemutter erzählt, dass sie ein Weihnachtsfrühstück in der Nachbarschaft ausrichte. Das Spülen sei schnell erledigt; sie wisse auch genau, wo man die günstigsten Brötchen für all die Leute kaufen könne. Sie, die das Haushalten immer hasste, haushaltet hier. Kira sagt nichts, trinkt Kaffee aus einem blauen Becher und kaut ihr Brötchen. Sie frühstückt ritualisierte Liebe, schlückchenweise, gut geschützt gegen Infragestellungen. Sie hat es so gelernt.

Als sie Gundula wieder verlässt, geht sie zur übernächsten Haltestelle, raucht gleich zwei Zigaretten. Sie läuft die nasse Straße lang, fühlt sich leer, hustet.

‚Wo nicht Flucht, wo nicht Kampf ist, entsteht Starre‘, fällt ihr ein. Das hat sie irgendwo gelesen, sie weiß nicht mehr, wo. Sie würde jetzt gern weinen, um Gundula, um sich selbst.

Die Veranstaltung, derentwegen Kira angibt gekommen zu sein, findet in einer Akademie außerhalb der Innenstadt statt. Menschen aus der ganzen Republik sind angereist, tragen Plastiknamensschilder am Revers und Hochglanzmappen mit bunten Symbolen darauf in der Hand. Kira will sich ins Diskutieren retten, Zuhören und Denken, Wegdenken. Auf diese Weise Wirklichkeit zu verändern, kann überlebenswichtig sein, das weiß sie schon lang.

Der Raum würde beengt sein, die Luft dick. Kira würde Worte aus Luft schneiden können und in der Pause Regenluft atmen. Sie würde irgendwo einfach die Straße langlaufen, um eine Brezel zu kaufen.

Der Magen braucht Orientierung, braucht Ankommen. Der Magen soll es fühlen können.

Vielleicht würden bald fette Jahre beginnen. Diese Gedanken gehen ihr durch den Kopf. Sie will sie weiter kauen – wie die Brezel. Sie will ankommen.

Erst mal wird sie wieder abfahren, am Abend um 18.14 Uhr geht ihr Zug.

Sie würde irgendwann wieder nach Frankfurt kommen. Schon der Brezeln wegen.

Und der Pflegemutter.

‚Frankfurt passiert mir immer wieder', pflegt sie zu sagen ...

Die Sonne schien, Vögel zwitscherten. Wir trafen uns Ende April noch einmal in Frankfurt. War es die Frühlingsempfindlichkeit oder das Kribbeln, das Kiras Anwesenheit in mir erzeugte, was meine Haut so jucken ließ? Unentschieden zogen wir unsere Strickjacken an und aus und lächelten in die Sonne.

Das Café war eines hinter dem Bahnhof, es war nicht wirklich ein Café, eher vielleicht eine Kneipe, ein heruntergekommenes Restaurant im Umbau, ein Inn-Treff ...

Kira liebte diese Orte, die allen alles boten, „schribbelig" seien die, so drückte sie sich aus – Lattemacciatowohligkeit, weinselige Worte, schweigende Zigarettenlängen vor der Tür, Linsencurry, Baguette und Käsekuchen je nach Bedarf – alles, was wir brauchten, um weiter zu erzählen. Ich genoss den Ort, verkniff mir eine Bemerkung über die Qualität des Kaffees und sah Kira erwartungsvoll an.

„Die Stimmung erinnert mich an eine Zeit in Dresden", Kira schloss kurz die Augen.

„Dresden? ... Viel weiter östlich", eine wirklich gute Bemerkung fiel mir nicht ein und deshalb fragte ich sie, was sie mit Deutschland verbinde. Dem Deutschland mit zwei Seiten, unterschiedlichen Resonanzböden, dem unterschiedlichen Gewordensein, der sogenannten ‚Wende', die ich bewusster erlebt habe als sie. Bilder von der Maueröffnung kamen mir in den Sinn.

Kira ging nicht darauf ein.

„Was willst du von mir?"", fragte sie nach einer längeren Schweigepause unvermittelt, um dann zu ergänzen: „Dresden ist eine Wunde.""

Und führte dann aus, was sie damit meinte:

„Sagt an, wo bleibt Ihr so lange?""

Dresden mutet fremd an, ‚fremd und vertraut zugleich'. Kira sucht nach einem Wort, einem Vergleich, als sie nach der langen Zugfahrt durch ödes Niemandsland ankommt, betrachtet die rußig gewordenen Fassaden, die gepflasterten Gehwege, die Gaslaternen, denkt an Prag, an Wien und schüttelt den Kopf: „nein. Anders. Verwundeter.""

Da sind Straßenzüge, in denen Sandsteinbauten streng auf die Passanten hinunterschauen und Macht beanspruchen. In anderen hängen Plakate, wettergebeutelt, von Pfosten und Wänden. Sie künden von Musik, Theater und mehr. Junge Leute tummeln sich vor Szenekneipen. Kira fühlt sich irgendwie ‚wessimäßig', ihr ist, als werde sie so gesehen, als sei das unvermeidbar, auch Jahre ‚danach' noch. Sie meidet weite Teile der Altstadt, besichtigt die Frauenkirche nicht, bucht keine Stadtrundfahrt, schlendert dann aber doch durch lichtdurchflutete Innenräume der nächstgelegenen klassizistischen Bauten, schaut in die Kuppel der Rotunde hinter dem Albertinum und lässt sich von Raum und Stille für eine kleine Weile umwerben, wegtragen in die Tiefe vorüberziehender Bilder und Gedankenfetzen, noch tiefer dahin, wo das Nichts alles verbindet.

‚Schokoladisiert Euch': Eine Schokoladenbaraußenwand preist das Innere an, lädt ein. Sie betritt den Raum; spartanisch stilvolles Mobiliar umgibt die Inszenierung dreier hohlwangiger Servicekräfte, die ihr Eintreten scheinbar beiläufig wahrnehmen und sich leise unterhalten. Sie wählt ein stoffbezogenes Sofa und dann Chai Latte mit einem Gewürz, das sie nicht kennt. Sie kritzelt ein paar Worte auf eine Papierserviette, steckt sie ein. In ihr ist Aufruhr.

Bis jetzt ist sie mehr oder weniger ziellos umhergelaufen. Weder genussvoll noch genusslos nimmt sie wahr, was ist.

Da, wo Bombenkrater waren, sind jetzt riesige Plätze. Im Zentrum lassen die Bauten im Stil des 18. Jahrhunderts sie an Modelleisenbahnwelten denken. Pittoresk aufgebaut nach dem Krieg, der alles zerstört hatte.

Bagger und Kräne stehen, wo Plattenbauten reihenweise abgerissen werden. Sie bergen Asbestgefahr. Dresden, eine aufgerissene Stadt – sie lässt Kira diese Verwundung fühlen. Dahinter lauert nackte Angst.

Montags treffen sich die Wutbürger. Auch sie haben Angst.

Haben sie Angst, auch den Tod zu fühlen? Vernichtung, Zerstörung, Tod gehören zusammen. Etwas in ihr ist tot, denkt Kira. Tot, tot, tot ... Sie rührt in ihrem Chai Latte. Die Lampe im Café ist aus den Zwanzigerjahren, die gefällt ihr. So eine Lampe würde sie gern haben, die Zwanzigerjahre gern erlebt haben ... Aufbruch und Leben. Vielleicht sollte sie nach einem passenden Hut suchen.

Neben der Schokoladenbar befindet sich ein Antiquariat. Kira schaut hinein. Die Besitzerin spricht sie an. Ob sie das Buch über Kartografie schon gesehen habe? Kartenmaterial und was sie über Menschen und deren Weltsicht aussagen, habe da einer zusammengetragen. Kira schaut sich die Karten an, bestaunt Atlanten aus vergangenen Jahrhunderten: die Welt und rundherum Wasser; Europa riesig und ganz klein irgendwo Afrika. Dazu Karten über alles: Rohstoffvorkommen, Bevölkerung, Kriegsfronten, Wüsten, Kinder ...

"Das ist spannend", Kira lächelt der Frau zu, „aber die Menge, die Komplexität an Weltsichten in dieser komprimierten Form ..., das verwirrt mich." Sie verlässt den Laden, lässt das Kartografiebuch liegen.

Rings um einen Kulturtreff in der Neustadt jenseits der breit ausladenden Elbe, die die Stadt teilt, verkaufen Leute Dinge: Schmuck, Marmelade, Gebäck, Tand.

"Ich möchte diesen Ring", Kira entscheidet sich ungewöhnlich schnell für das Schmuckstück. Er ist groß, bearbeitetes Metall, das den Finger schützt und zugleich schmückt. „Danke!" Sie zwinkert dem Händler zu, der ihr den Ring ansteckt, spreizt die Finger, fühlt Stolz, läuft weiter. Sie möchte jetzt etwas essen, ohne sich irgendwo hinzusetzen, nur so, was für unterwegs. Suchend schaut sie um sich. ‚Es gibt in jeder Stadt in jedem Stadtteil eine Bäckerei. Menschen brauchen Brot ... und Rosen', denkt sie und lächelt den Hyazinthen und Primeln in einem Frühlingsblumenbeet zu.

Vor dem Bäckerladen sitzt ein Junge im Kinderwagen "Mama, Mama, Mama ...", er brabbelt vor sich hin. Kira hört die Selbstbeschwörung eines knapp Zweijährigen, der nicht abschätzen kann, wie lang das kaum zu ertragende Alleinsein dauern wird. Die Mama kommt aus der Bäckerei, reicht ihm ein Brötchen. Fünf Minuten später und seine Verstörung hätte Wurzeln geschlagen. Kira würde den Jungen gern streicheln, würde gern selbst gestreichelt werden. Von einer Mama. Von Irgendjemanden. Im Kinderwagenalter beginnt sie, diese immer wiederkehrende Geschichte vom Vertrauen und der Sicherheit, die Frage wie viel Alleinsein ertragbar ist und wann es kippt ...', denkt sie. Der Junge lutscht an seinem Brötchen. Kira schaut ihn an, eine Träne läuft ihr übers Gesicht. Sie wischt sie weg.

Sie kauft keinen Stollen in der Bäckerei, für niemanden einen Dresdner Christstollen, schon gar nicht im Frühjahr. Dinge haben ihre Ordnung, ihre Zeit und April ist keine Stollenzeit. Sie holt sich einen Coffee to go und eine Marzipanschnecke. Brezeln gäbe es nicht, die seien hier nicht üblich, die Verkäuferin sächselt.

Auf einem zusammengefalteten Zettel in ihrem Portemonnaie findet sie die Anschrift ihrer Schulfreundin Louise. Die wohnt seit kurzer

Zeit hier in einer Wohngemeinschaft, irgendwo in einem der Häuserblocks außerhalb. Ein bisschen fürchtet sich Kira. Welche Themen, welcher Humor, welche Gesten braucht man für diese WG-Leute? Würde sie dort hinpassen? Würde sie etwas falsch machen, falsch sein? „Ich bin Kira, 37, lebe überall und nirgends, meistens allein oder auch nicht, ich mag Mangas, liebe Frauen und genieße deftiges Essen, ich philosophiere gern und schau mir grad die Stadt an." Nicht die Hälfte dieses Satzes würde sie wirklich aussprechen können, sie die mittlerweile 37-jährige Frau. Die Zweifel schleichen sich mit Vorliebe dann ein, wenn sie gern cool wäre.

Louise wohnt Konkordienstraße 14. Kira findet das Straßenschild mal mit „C" mal mit „K" geschrieben. ‚Was ist richtig, was ist falsch? Dass alles relativ ist, das beweist doch dieser Straßenname'; der Gedanke gefällt ihr.

Sie klingelt, geht die abgetretenen Stufen der Holztreppe hinauf in die dritte Etage. Neben der Wohnungstür stehen Schuhe aufgereiht: Turnschuhe, Boots, Flip-Flops. Ein junger Mann öffnet, er lächelt, „Sean", stellt er sich vor, er spricht mit englischem Akzent, „ich mach ein Praktikum hier." Hinter der Tür öffnet sich ein langer Flur, da ist wenig zu sehen. Sehr wenig. In der Küche sitzen fünf Menschen um einen Tisch. Sie haben Tee, Brot und Aufstrich ausgebreitet,

„Hallo Kira, setz dich", sagt jemand. Da sieht sie Louise. Deren Blick gibt ihr Sicherheit zurück. Sie umarmen, fühlen sich. Erst vorsichtig, kurz darauf fester. Dann sitzen sie lang an dem Tisch, in der WG, im Wohnblock in Dresden, essen, reden, spüren sich.

Die Sonne scheint durch das offene Fenster, Vögel zwitschern.

Louise schenkt ihr immer neuen Kaffee ein.

Kira fragte mich, was ich von Fußball hielte, und ob ich mir Weltmeisterschaftsspiele anschauen würde. Es war die Zeit der großen Leinwände, und es fiel uns schwer, eine fußballfreie Zone zu finden, zumal das aktuelle Spiel im Stadion vor Ort stattfand. Es war die Stadt, in der ich seit einiger Zeit lebte, und dass Kira quasi zu mir zu Besuch kam, freute und befremdete mich zugleich. „Da etwa wohne ich", ich zeigte in eine ungefähre Richtung und Kira nickte, „ganz schön abgesichert."

Sie meinte den Sicherheitsgürtel, den man der Stadt rund um den Bahnhof umgelegt hatte: ein Verteidigungswall mit erheblichem Polizeiaufgebot gegen mögliche Hooligangewalt. Das Spiel könnte kein Spiel, sondern blutiger Ernst werden.

Auf ihre Frage nach meinem Fußballinteresse, erinnerte ich mich an mich als das achtjährige Mädchen mit dem Sammelalbum „Fußballstars", dachte an Sepp Maier, Franz Beckenbauer, Uli Hoeneß, Günter Netzer und Paul Breitner ...'"Nein, eigentlich mach ich mir nichts aus Fußball. Früher, als es gerade neu und ‚in' war, als Mädchen auch Fußball zu spielen, hab ich getan, als interessiere mich das. Ich hatte Angst vor dem Ball."

Kira lachte. Sie hatte einen Lederball im Kaufhaus für Sportartikel gekauft, „der ist für den Sohn des Nachbarn meiner Pflegemutter, mit so einem Weltmeisterball werde ich bei ihm punkten!"

Ich war erstaunt oder vielleicht auch berührt davon, dass Kira Nachbarschaft pflegte. Das Gespräch über Fußball befremdete und amüsierte mich. Sie steigerte

mein Befremden noch: „Ich hab' bei so 'nem Fußball-
abend mal zugesehen, wie meine Liebste damals einer
eine gescheuert hat", sie lachte, „so kann's kommen."
Das also war es, was ihr zu diesem Thema einfiel.

„Von der Freude Blumenkränzen"

Sie sitzt in der Kneipe am Eck, einem Nachbarschaftstreffpunkt; seit
der letzten Weltmeisterschaft gibt es zwei große Bildschirme und
eine Leinwand für den Garten. Seitdem kommen noch mehr Leute
dorthin, vor allem dann, wenn Weltmeisterschaftsspiele stattfinden.

Es sind die Wochen, wo man ungeniert Pommes mit Ketchup oder
Mayo und Bratwurst bestellen kann, große Portionen und großes
Bier dazu. Kira liebt Currywurst und schon deshalb auch Fußball-
abende.

Am Tisch in der Ecke sitzt der Schauspieler, den alle kennen; er tut
so, als kenne er keinen. Die Servicekräfte wechseln, an diesem Tag
bedient Gitti. Das steht auf einer Tafel hinter dem Tresen.

Kira ist seit ein paar Monaten mit Olivia zusammen. Es sind intensive,
innige Monate. Sie sitzen eng, Haut an Haut, schauen auf den Bildschirm, feuern die Mannschaft an. Olivia ist müde, nicht wirklich präsent, nicht in der Laune für Fußball, nicht in der Stimmung, allein zu
sein. Sie sitzt und sitzt nicht. Auf Kiras Smartphone eine Nachricht
von Svenja, die irgendwo am See liegt „betörender Blumenduft, qua-
kende Frösche, ein schnöder Roman, Vogelsang und ein paar hüb-
sche Mädels, die mich umzingeln. Ich genieße!" Wäre es jetzt schö-
ner, mit Svenja am See zu liegen? Sie hat sich den Abend für Olivia
frei genommen und ist enttäuscht – Olivia ist anders, als sie ihrer
Meinung nach sein sollte. Kira kann Erwartungsenttäuschungen
nicht leiden.

Am gegenüberliegenden Tisch sitzt die Frau mit den schwarzen Locken und dem sinnlichen Lachen, Kira muss immer wieder hinschauen, ‚ist sie Spanierin oder eine arabische Schönheit, Libanesin vielleicht? Wie sinnlich sie ist – was für ein Mund!' Sie lachen sich zu. Die Frau winkt. Kira sitzt neben Olivia und lässt sich von der Schwarzgelockten ziehen. Sie fühlt sich magnetisiert, plötzlich witzig und geistreich, bis sie zur Halbzeit rausgehen, eine rauchen wollen.

Olivia geht direkt auf die fremde Frau zu. Sie holt aus und gibt sie ihr eine Ohrfeige. Dann geht sie zum Fahrrad und fährt davon.

Ein Raunen geht durch das Grüppchen, das in der Pause am Eingang des Lokals steht. Kira zuckt die Achseln.

„Tschuldigung", raunt sie der Schwarzgelockten zu, die sich die Wange hält.

Kira bezahlt. Gitti schüttelt den Kopf. Alle schauen ihr nach. Kira dreht sich um und streckt ihnen die Zunge heraus, zweimal, dreimal ... Als sie um die Ecke gebogen ist, beginnt sie zu weinen. Sie versucht Olivia anzurufen. Die geht nicht dran. Den Gedanken, jetzt sofort an den See zu fahren, verwirft sie.

Eigentlich hatte das Spiel ja spannend begonnen. Sie kennt eine Bierkneipe, wo mit Sicherheit im Garten eine Leinwand aufgebaut ist. Dort nimmt sie irgendwo zwischen ein paar trinkenden Männern in Fußballshirts Platz. Einer schmatzt einen Kussmund in ihre Richtung. Sie schaut weg, starrt auf den Bildschirm, ein paar Fans beginnen Schlachtrufe zu grölen.

Kira möchte weiter weinen. Ihre Beine bewegen sich nicht. Sie steht nicht auf, geht nicht. Sie starrt auf den Bildschirm, der Ball streift das Tor, trifft es aber nicht. „So ein Scheiß. Der Idiot!" tönt es aus der Ecke. Der, der ihr zugeküsst hatte, versucht jetzt, unterm Tisch ihr Knie zu berühren.

„Hör auf, Mann ... ich steh auf Frauen" und dann wird sie lauter, sodass jeder es hören kann, „Ich steh auf Frauen, also Finger weg!"

Es wird still. Ein paar Männer lachen.

„Früher hätte man die vergast", lallt einer.

Kira steht auf. Bevor sie den Raum verlässt, dreht sie sich noch einmal um und geht auf den Mann mit dem Fanschal und dem trunken, roten Gesicht zu. „Die zweite Ohrfeige am heutigen Abend", grummelt sie und haut ihm eine runter.

Dann geht sie.

Das Spiel endet unentschieden.

Ich wollte nicht, dass Kira mir noch einmal räumlich so nah kam. Etwas daran beunruhigte mich. Also kündigte ich ihr meine Fahrten an, schlug Termine vor, unterbrach Zugfahrten, konnte aber nicht immer damit rechnen, dass Kira auch am vereinbarten Ort zu finden war. Manchmal schrieb sie eine Kurznachricht: Es ginge „leider nicht" oder „vergessen, sorry", was ich ihr nicht glaubte und deshalb weiter hartnäckig blieb.

Eine Verabredung auf den Stufen des Kölner Doms klappte. Ich hatte mich zuvor gerade mit dem Marienaltar von Stefan Lochner auseinandergesetzt und eine Beschreibung dazu gelesen, als ich Kira vom Hauptausgang des Bahnhofs zu mir herüberkommen sah.

Sie winkte und ich freute mich. Keine von uns sprach die nicht zustande gekommenen Verabredungen an.

Kira schaute auf meine Lochnerbeschreibung, „ziemlich vornehme Frau da, diese Maria", und dann sprach sie, wie immer, über das, was ihr an diesem Ort gerade so einfiel: „Ich habe beim Frühstück eine Radiodiskussion verfolgt. Ich höre gern Radio, kann man gut mitkriegen, was die Leute so denken. Moderatoren und Zuhörer diskutierten darüber, ob man Kreuze in öffentlichen Räumen aufhängen solle."

„Hmm. Aha. Was bedeutet dir Religion?", fragte ich Kira und mir fiel die Traviata wieder ein: „'Religion ist Trost für die Leidenden' – ist das so?" Und als ich mich in das Thema eingefunden hatte, weiter: „Ist darin auch so was wie Heimat für dich?" Und weil die Frage ein Tabu berühren könnte, ergänzte ich ein paar Sätze zu mir:

„Gläubig bin ich zum Beispiel absolut nicht mehr, aber ab und zu geh ich irgendwo in eine Kirche. Kerzen anzünden. Vor ein paar Minuten zum Beispiel. Und dann kann es passieren, dass ich vor so einem Altar stehe und staune, wie früher, in der Kirchenbank, als ich Liedern mit wunderlichen Texten gelauscht habe, es war wie Heiligkeit atmen. Das fühlt sich heimatlich an, aufgehoben, verstehst du?"

„Hm ... schon", Kira schaute versonnen, „auch, wenn ich so gut wie nie in irgendeiner Art Kirche war."

„Nie ...?"

„Selten. Ich friere da drin. Ich war oft auf Mangamessen, Connichi in Kassel, DoKomi in Düsseldorf, großartig! Ich hab Japanisch gelernt, mich verkleidet."

„Echt?" Das hatte ich nicht erwartet. „Das ist aber ganz was anderes."

„Vielleicht. Vielleicht auch nicht. Es ist der Anflug von etwas ganz Fremdem, irgendwie Mystischem, mein Versuch, darin einzutauchen gelingt selten, manchmal schon ... Kirchen und Kreuze hasse ich. Ich habe eine Petition gegen Kreuze in öffentlichen Gebäuden unterschrieben. Auch wegen Mara."

„O Torheit, o Torheit!"

Kira lebt mit Mara in der Jugendwohngruppe. Sie sind beide so um die 17, noch nicht volljährig, lesen Camus und Simone de Beauvoir und Sartre. Mara ist die, die den Ton angibt. Sie hat kantige Züge und stahlblaue Augen, ihr Körper ist groß und knochig und Mara sagt von sich, sie sei schon immer selbstbestimmt gewesen: „Schon als kleines Mädchen hab' ich mir nichts, gar nichts gefallen lassen."

Mara steht morgens auf und joggt, um dann ein paar Seiten zu lesen und Yogitee dazu zu trinken. Ihre Tasse ist blau, ein Tiefblau, das schimmert.

„Der Kanal ist die Autobahn der großen Schiffe", bemerkt sie bei einem Gruppenausflug nach Schleswig-Holstein. Mara und Kira gehen manchmal zusammen zum Nord-Ostsee-Kanal hinunter, laufen ein Stück, sitzen an der Betonbefestigung, wo man den Wasserspiegel ablesen kann und reden. Es gibt wenige, mit denen man so tief reden kann wie mit Mara, findet Kira. Sie ist ein bisschen in Mara verliebt. Sie mag es, sie anzuschauen. Das gesteht sie ihr nicht, versucht, es sich nicht anmerken zu lassen. Möglicherweise würde Mara sich dann zurückziehen, das wäre eine Katastrophe, ein ‚No-Go'.

Die großen Kähne ziehen vorbei. Sie heißen ‚Princes' oder ‚Loreley', ‚Salve Regina' oder ‚Vaterland'. Gerade sehen sie die ‚Beau Vie' vorbeiziehen, containerbepackt und sonnenbeschienen. Parallel zum Kanal fließt ein Flüsschen, unbegradigt und gesäumt von wildem Flieder in dunkellila und rotblühenden Kastanien. „Vielleicht Maronen", meint Mara, die im Gegensatz zu Kira Maronen von Kastanien unterscheiden kann.

„Wenn ich mal einen Garten habe, pflanze ich einen Walnussbaum ..." Das „und-werde-an-dich-denken" verschluckt Kira und ergänzt stattdessen: „harte Schale, hirnige Nüsse. Das gefällt mir!" Sie meint, bei Mara den Anflug eines Lächelns wahrzunehmen.

„Ist auch ein Sinnbild des Menschen", Mara streut ihr Wissen beiläufig ein, ohne kommentierende Gesten. „Grüne Hülle als das Fleisch, die Schale die Knochen, der süße Kern als Seele. Na, und die Christen haben das dann für sich vereinnahmt: die bittere Hülle als Christus, der leiden musste, die Schale als das Holz des Kreuzes und der Kern schließlich, der nährt und Licht ermöglicht ..."

„Du bist ein Nerd!" Kira schaut Mara von der Seite an, wagt einen Einwand. „Die haben aber auch was Sinnliches, so Nüsse ... und sind lecker!"

‚In der Liebe und im Traum ist alles möglich', steht hingepflastert auf dem Weg, zum Gedenken an einen heimischen Dichter. Sie lesen es laut und lachen beide.

"Love, Love, Love ..." Mara beginnt zu singen. „... hat meine Ma immer gehört. Wer weiß, vielleicht tut sie das noch immer. Oh Gott, nächste Woche ist Muttertag, sie hat vermutlich die Idee, dass ich sie da anrufe ... Love, Love, Love ...", sie summt vor sich hin.

Hinter zwei dekorativ reetgedeckten Häusern gibt es einen kleinen Kiosk, der hat an diesem Tag geschlossen. „Keine Cola, nirgends", bedauert Kira. Allein eine Bank nahe des ehemaligen Pestfriedhofs und ein verstaubtes Moha-Schild an einem Haus, wo man früher einmal Eiscreme kaufen konnte. Darunter sind zwei Zigarettenautomaten angebracht. „Als ob sie sich anbieten" meint Mara „sie konkurrieren miteinander in langer Weile. Wie die, die auf der Straße stehen ... Reni schafft auch an ... das bringt nen Haufen Knete, is aber irgendwie Scheiße, obwohl, was ist nicht Scheiße? ..." Mara schaut starr in die Weite, Kira weiß nichts zu sagen.

Sie kommen an einer Altentagespflege vorbei „In solchen Häusern riecht es nach Urin und Heizung und Kartoffelbrei", bemerkt Mara, deren Tante in einem Pflegeheim untergebracht ist. „Dort hängen die sterbenden Christusse in jedem Zimmer, als wüssten die Alten nicht selbst, dass sie bald sterben. Pervers, diesen toten Körper anzubeten!" Mara schaut so provozierend, dass Kira nickt. Es fühlt sich verboten an, zuzustimmen. Religion ist heilig, die fasst man nicht an. „Kreuze hängen sie jetzt wieder verstärkt in Schulen auf und in Büros und so", fällt Kira ein. „Aber ohne Tote dran." Sie erschaudert, als

Mara das sagt. Sie laufen weiter. An einem Brückenpfahl hängt der Aufruf einer Initiative für den Erhalt dieser Brücke. Offenbar soll sie gesprengt werden.

Ein Vater angelt zusammen mit seinem Sohn. Der versucht, Würmer auf den Angelhaken zu spießen. Sie tragen olivgrüne Gummistiefel. An einem Schrebergartentor wirbt ein Imker auf einem Plakat für seinen Honig aus Raps und Klee und Wiesenblumenpollen.

„Dahinten ist die Sonne dann auf unserer Seite", sagt Mara und markiert mit einer Handbewegung den Rückweg entlang des gegenüberliegenden Kanalufers.

Nichts deutet darauf hin, dass Mara ein paar Tage später im Morgengrauen von der noch nicht gesprengten Brücke springen wird.

Ihre Leiche wird von ein paar Tauchern im Kanal einige Kilometer weiter flussabwärts geborgen.

Mara hat keinen Abschiedsbrief geschrieben.

Kira geht nicht mehr am Kanal spazieren. Wenn sie an Mara denkt, erinnert sie den Geruch von Flieder, die Öl- und Kohleschlepper im Wasser, Entengeschnatter und Maras Worte.

Warum sie aus der Kirche austrete, fragt die Verwaltungsangestellte in der örtlichen Behörde, „der Papst? Die Missbrauchsskandale? Die Kirchensteuer? Die Frauenfeindlichkeit?" Man könne nie wissen, wozu man die Kirche noch brauche und Kindergärten betrieben sie ja schließlich auch und die konfessionellen Schulen seien schon die besten.

Kira legt das Formular auf den Tisch. Und verlässt das Büro.

Nachdem sie mich wieder einmal versetzt hatte, und wir uns dann doch eine Woche später in Kassel in einer Pizzeria in der Nähe des Wilhelmshöher Bahnhofs trafen, fragte ich Kira, wo sie eigentlich hauptsächlich lebe, wo sie angemeldet sei und hoffte, sie, die ich halten wollte, mit dieser Frage nicht zu verlieren. „Angemeldet in Frankfurt, bei meiner Pflegemutter. Ansonsten gibt es Freundinnen, Bekannte, Hotels ...“, Kira sagte das, als sei es die normalste Sache der Welt, so zu leben, wie sie es tat.

Überall und nirgends zuhause sein – wer konnte das schon?

Meine eigenen Verpflichtungen, mein Job, finanzielle Sorgen, meine ungeklärten Beziehungen und noch anderes fielen mir ein ...

„Na denn ... Neid!“ Ich sagte das leise, aber hörbar genug. Kira redete weiter: „und bevor du weiterfragst. Ich hab mal geerbt ... mein Erzeuger hat sich schließlich verpisst, hatte wohl ein schlechtes Gewissen, oder warum auch immer. Jedenfalls hat er mir Knete vermacht.“ Sie schob noch ein: „Arbeiten könnte ich eh nicht mehr lang“ hinterher, bei dem ich mir nicht sicher war, ob ich es richtig verstanden hatte.

Ich fragte nicht nach, hörte stattdessen weiter zu: Kira philosophierte zuerst über das Leben in Hotels, um dann eine weitere Geschichte zum Besten zu geben:

„Fern von ihr, ach, kenn ich keine Freuden"

Hotels dämpfen das Leben. Graubraungroßgemusterte Teppiche in langen Fluren riechen unter lieblos gekauften Bildern an den Wänden nach Plastik, Veilchen und Desinfektionsmittel. Im Zimmer ersetzen übergroße Fernseher das sonst übliche Bild: eine Landschaft, ein Tier eine Frau. Ansonsten: ein Bett, ein Tischchen, weiße, gefaltete Handtücher, eine Karte mit den Speisen, die man aufs Zimmer bestellen kann, Hotelinfos inklusive Mahlzeiten und daneben ein paar Prospekte.

Shampoo, Schuhputzset und Lotion befinden sich im Bad zum Mitnehmen des Hotelgefühls nach Hause.

Menschen in Hotels bewegen sich, als hätten sie es im Fernsehen gelernt: den Teppich entlanglaufen, aufrecht, etwas Belangloses sprechen oder einfach nur lächeln. Ein „good morning", im Aufzug zeigt, dass man mehrsprachig unterwegs ist und dann flaniert man ein riesiges Frühstücksbuffet entlang und überlegt, warum kein Lachs dabei ist oder die Cervelatwurst keine Fenchelsalami ist. Am Kaffeeautomaten stehen Menschen an, die Tassen sind klein. Kira liebt es so: Puppengeschirr, japanische Größen, edel und kostbar. Trotzdem, sie findet: Hotels beanspruchen die Nerven und machen streitlustig. Die dezente Unnatürlichkeit reizt bestimmte Stressoren. Streit, Diskussion, schlechte Laune, Unzufriedenheit sind dann das Ergebnis. Diese Künstlichkeit macht, dass immer neue Ansprüche entstehen. Hotels funktionieren.

Kira schläft in der Badewanne. Im Doppelzimmer ihres Hotelzimmers liegt Eine und schläft. Eine der Partygäste von gestern. Kira hat sie mitgenommen. Erst war es schön, sie zu spüren, zu erkunden, dann schal und dann, kurz nachdem sie eingeschlafen sind, hat sie zu schnarchen begonnen, immer lauter. Das sowieso schon kleine Zimmer schien zu schrumpfen, sie beide zu erdrücken. Kira wollte ihr das Kissen aufs Gesicht zu drücken, sie aus dem Fenster werfen, sie erdolchen. Sie beobachtete diese Ideen, seufzte, stand auf, nahm Kissen und Decke, öffnete die Badezimmertür und legte sich in die Wanne. Wie ein Embryo.

Babybad. Kinderplanschen. Fichtennadelschaum, Eukalyptusbrausetablette ... Kira sucht nach Worten, als könnten die ihre Hilflosigkeit vertreiben.

Sie hat sich am Tag Dinge gekauft, die sie nicht braucht. Am Abend gegessen, was sie nicht mochte, getanzt und geschlafen mit einer die sie nicht kannte. Sie fühlt Watte im Kopf, Unersättlichkeit im Bauch, Umtriebigkeit.

Hotels sind ihr schon immer irgendwie verdächtig gewesen.

In der Wanne kann man sich nicht wälzen, gar nichts kann man in einer Badewanne, angezogen mitten in der Nacht. Am wenigsten kann man dort schlafen. In welcher Stadt befindet sie sich grade? Kira spürt nur den Rand der Badewanne, der ist zu eng, sie sieht den Wasserhahn über sich, der macht Angst, sie will raus, raus aus der Wanne, raus aus der Situation, raus aus dem Zimmer. Geboren werden.

Sie kann sich an ihre Geburt nicht erinnern. Niemand kann sich daran erinnern. Sie selbst hat kein Kind geboren, hatte mal eines ihres genannt, wird nie wieder eins bekommen ... Sie liegt in der Badewanne und will gebären, geboren werden, beides. Wie wäre es, neu geboren zu werden? „Die Frommen brauchen dazu Wasser – gibt es Wiedergeburten in Badewannen?"

Vor ein paar Tagen hat sie draußen am See eine Taufe beobachtet. Eine freikirchliche Gemeinde, von der Liebe Gottes singende Menschen, die sie zu Teuflischem anstachelten: ertränken, Sex on the

Beach oder im Wasser, etwas Lustvolles tun, sodass es die Grenze überschreitet, die zwischen Gerechten und Ungerechten, Guten und Bösen. Dafür galt es, neu geboren zu werden.

Kira greift sich auf den Bauch. Mutterkuchen, Gebärmutter ..."Wie viel Mutter da in mir sitzt ... kann man sich selbst neu gebären?" Vielleicht in so einer Badewanne.

Sie schläft unerwartet ein.

Die Knochen schmerzen, als sie am Morgen erwacht. Das Bett ist leer. Auf einem Tempotaschentuch, mit Lippenstift ein Wort: „sorry."

Kira zerknüllt es, wirft es in den Mülleimer.

Sie duscht, cremt sich mit der Hotellotion ein. Nun riecht sie aufdringlich ohne spezielle Note. Sie schminkt sich sorgfältig und knallt das Bettzeug aus der Badewanne aufs Bett.

Damit soll sich jetzt das Zimmermädchen befassen – es ist eigentlich eine Zimmerfrau, mindestens 50 und geprägt von einem Leben, das Kira nur ahnt. Sie möchte die Gedanken abstellen, was geht sie das Personal an? Die Dumpfheit im Kopf lässt nicht nach, etwas ist schräg, das Leben verrutscht in dieser Hotelwattigkeit.

Der Weg zum Lift scheint endlos.

Der Lift ist voll. Betörend süßer Duft erfüllt den kleinen, stählernen Käfig. Das Kleid der dazugehörigen Frau ist gelb-violett geblümt. Ihr Mann ist dick und irgendwie farblos.

Als der Aufzug unten ankommt, raucht Kira eine. Dann häuft sie sich am Buffet Toast, Brötchen, Ei, Tomaten, Himbeermarmelade und Butter auf den Teller, greift ein Schälchen mit Schokomüsli und ein Stück Papaya. Sie will jetzt alles, sie will Vergeltung für die Badewannennacht, sie hat Hunger.

Sie nimmt den Tag in Angriff!

„Wenn einst die Zeit den flücht'gen Traum..."

Wir hatten einen Ausflug zum See außerhalb der Stadt geplant. Mit der Bahn fuhren wir raus aus der Stadt, setzten uns dann auf die mitgebrachten Fahrräder, um eine kurze Strecke durch ein Wäldchen zu radeln bis zum Wasser. Es gab eine kleine Bucht, die ich Kira unbedingt zeigen wollte. Die Unbedingtheit dieses Wunschs zeigte mir, wie vertraut sie mir mittlerweile geworden war, was mich wiederum erschreckte.

Nachdem wir in großen Zügen nackt im dunklen, weichen Wasser geschwommen waren, legten wir uns in den Sand und ließen die Haut in der Abendsonne trocknen. Wir schauten in die Weite, hörten den Vögeln zu.

„Was ist Wahrheit? Wie viele Wirklichkeiten gibt es?" Es war die typische Art, wie Kira Gespräche begann, „das Gute, Wahre, Schöne ist doch längst überholt. Meine Wirklichkeit ist nicht deine Wirklichkeit." Kira regte sich noch weiter über das Wort ‚Wahrheit' auf.

Ich hatte keine Lust auf diese Diskussion. „Was ist schon Wahrheit? Reib mir lieber mal den Rücken ein. Lichtschutzfaktor 30, brauch ich ..."

Kira verteilte die Creme auf meinem Rücken, und während sie sie einmassierte, spitzte sie ihre Bemerkung zu. „Nichts ist wahr."

„Und ist deshalb alles erlaubt?" Ich meinte, etwas entgegnen zu können, was ihr entsprach. „Und danke fürs Einreiben!"

Es machte mir Spaß, mit ihr Ping-Pong zu spielen.

„Die Wahrheit ist, dass es viele Menschen gibt, die von Wahrheit sprechen, wenn sie etwas durchsetzen wollen, was sie für richtig halten." Kira war auf einmal sehr ernst.

Ich war gespannt, wohin sie mich führen würde.

Kira sprach bereits weiter: „Meine Wirklichkeit, meine Wahrheit ist, dass ich Frauen mehr liebe als Männer. Ich weiß, dass das für mich wahr ist. Es gibt Gesetze, die mir sagen, dass diese Wahrheit eine ist, die es gibt."

Sie hatte plötzlich Tränen in den Augen, „die Gesetze sind verlogen."

„Kira?", fragte ich, „willst du etwas erzählen?" Ich setzte mich sehr aufrecht.

„Ich weiß nicht", antwortete sie. „Erzählen tut weh." Das wusste ich nur zu gut und vermied es meinerseits.

Ich strich ihr also über den Rücken, unbeholfen, zögerlich. Die Sonne zog einen orangefarbenen Streifen in das dunkler werdende Wasser. Wir schauten vor uns hin. Die wenigen Menschen um uns herum schienen alle andächtig angesichts der Stimmung.

Kira packte Zigaretten aus.

Ich zog tief ein, musste husten. Sie lachte, und etwas in ihr wurde frei dadurch. Sie setzte an: „Ich habe ein Kind adoptiert."

Ich schwieg. Was sollte ich dazu sagen? Was würde nun kommen?

Sie zündete sich eine zweite Zigarette an.

„Fiona heißt sie. Wir hatten uns entschieden: eine Insemination. Unbekannter Spender. In Holland vor fast fünf Jahren. Weil wir uns liebten, deshalb geheiratet haben. Katja und ich. Fiona ist jetzt vier. Bis zu ihrem dritten Lebensjahr habe ich gekämpft. Dafür ... Für sie ... Für Fiona!"

Ein Hund rannte vorbei.

Jemand rief nach ihm, „Ringo komm! Ringo ... !!!" Das Rufen schmerzte in der Art, wie es Kiras Geschichte unterbrach.

Wir warteten, bis Hund und Herrchen wieder außer Hör- und Sichtweite waren.

„Katja hat Fiona zur Welt gebracht. Es war ein Kaiserschnitt. Ich hatte sie zuerst auf dem Arm. Sie hatte dichtes, dunkles Haar und zerknittert war sie, wie eine uralte Frau. Und sie hatte so winzige Zehen und Fingerchen, dass ich weinen musste. Und wie sie roch ... so süß ... so besonders ... ich habe diesen Geruch nie wieder wahrgenommen und doch ist er mir noch so präsent ..."

„Hm ..."

Ich wusste wirklich nichts zu sagen, spürte, dass ich zu frieren begann, zog mir aber nichts über, wollte die Stille nicht mit einem noch so kleinen Geräusch zerreißen, wollte auch Kira in diesem Moment nichts davon erzählen.

„'49 Zentimeter, 3100 Gramm', sagte die Hebamme. Die kümmerte sich dann um Katja. Ich stand da mit dem Baby, und wir schauten uns an. Fiona mich und ich Fiona. Unser Baby!"

Jetzt liefen die Tränen aus Kiras Augen wie Murmeln, die auf eine weite Reise geschickt werden. „Weißt du, wir haben kurz vor der Geburt geheiratet. Kurz nach der Geburt habe ich Fiona adoptiert. Sobald das möglich war. Sie war unser Baby, unser Mädchen. Geboren, weil wir uns liebten."

Die Sonne war untergegangen, nun froren wir beide.

„Lass uns zurückfahren", etwas Passenderes fiel mir nicht ein.

Sie stand wortlos auf, wortlos setzten wir uns auf unsere Fahrräder und radelten weiterhin wortlos den Waldweg bis zur Straßenbahnhaltestelle zurück.

Es roch nach Wald, Holunder, Brennnessel und Sommerabend; die Erde war hart, ein paar Wurzeln erschwerten das Radeln.

An der Haltestelle lärmten ein paar Jugendliche, ein junger Mann erzählte seiner Freundin Geschichten, die allein er lustig fand.

Wir schwiegen noch immer.

Als hätten wir es abgesprochen, so selbstverständlich stiegen wir an der Haltestelle aus, in deren Nähe sich ein kleines, spanisches Restaurant befand.

Im „La Mama" gab es sowohl gute als auch günstigen Hauswein; wir bestellten einen Liter und wahllos einige Tapas, „Piperones", Aioli", „Champignones", das klang gut.

Kira saugte das Salz aus einer Paprikaschote, als sie weiter zu erzählen begann. „Hm ... es gab einen Trauzeugen, eine Trauzeugin, Georgy ..., also jetzt heißt sie Jörg ... also, verstehst du? Hm, also jetzt sind sie eine Familie: Katja, Jörg und Fiona ... Die hatten wohl schon länger was miteinander, und nun sind sie ein Paar, und sie ist nicht mehr Georgy, sondern Jörg, und ich bin außen vor. ‚Ene Mene Meck und du bist weg' ... Sie hatte schon lange auf diese OP hingearbeitet ... Ich musste Katja versprechen, das niemandem zu sagen ...‚Rücksicht auf Jörg', sagte sie, aber Vater-Mutter-Kind passte ihr auch ganz gut in den Kram."

Kira schenkte Wein nach.

Ich kaute auf meiner Champignonbrotknoblauchmasse herum und schaute sie an.

„Na ja ... Katja sagte, sie liebe mich nicht mehr. So einfach kann das sein. Kurz darauf waren sie ein Paar, eine Familie: Katja, Jörg und Fiona. Adoption hin oder her ..."

Mir stand der Mund offen, vermutlich war es mein Blick, der Kira zu einer Erklärung veranlasste: „Na ja, ich konnte das alles nicht ertragen. Nicht Katjas Rückzug. Nicht die Sache mit Georgy. Nicht Fiona. Fiona erst recht nicht. Es hat mich verrückt gemacht."

Ich traute mich nicht, irgendetwas nachzufragen.

Kira erzählte von einer Klinik, in die man sie dann eingewiesen habe. Sie habe merkwürdige Sachen geredet und gemacht. Deshalb habe man sie eingewiesen. „Die haben mich nicht für voll genommen. „Einmal bin ich den ganzen Tag barfuß durch den Wald gelaufen und habe bestimmte Gesänge rezitiert. Ich glaubte an Heilung, Wiedergutmachung und so was, was weiß ich ..." Sie sah mich sehr durchdringend an, „irgendwer hat mich dann in diese Klinik gebracht. Danach hatte ich dann den Stempel ‚verrückt' oder so ... Katja hatte Fiona. Sie behauptete nicht, dass ich keine Mutter sei, sondern nur, dass ich nicht in der Lage sei, Fiona zu versorgen. War ich auch nicht. Eins zu Null für Katja ..."

Kiras Lippen hatten eine Form angenommen, die ich noch nie bei ihr gesehen hatte, eine schlangenförmige Welle, weich und hart zugleich. Lippen, die das ganze Gesicht prägten.

„Ich habe mich dann mit Zen beschäftigt. Zen-Meditation. Buddhismus. Bin nach Myanmar gereist, in ein Kloster. Da war ich zwei Monate. ‚Ich bin', ‚ich bin', ‚ich bin ...', war mein Mantra! Ich musste mich wiederfinden. Wieder erfinden!"

Jetzt schenkte ich Wein nach.

„Danach ging es weiter. Katja hatte Fiona. Ich ging arbeiten, kämpfte um Sorgerecht, Umgangsregelung, alles. Der Jugendamtsfrau, dem Familienrichter, der Umgangspflegerin ... immer wieder die ganze Geschichte erzählen. Die ganze Geschichte, aber Georgy-Jörg auslassen ... und immer wieder diese beschissene Frage: ‚Ist es für das Kind nicht das Beste ...?‘ Sie meinten diese ‚Mutter-Vater-Kind-Farce‘ ... Aber Mutter-Mutter-Kind war unsere Wahrheit. Und in Wirklichkeit? Mutter-Mutter ist erlaubt, rechtlich erlaubt, aber die Wahrheit ...? Die Wahrheit ist, dass sie mich fertigmachen. Die Wahrheit ist, dass Georgy-Jörg unhinterfragt ‚das Beste‘ für das Kind ist. Angeblich.“

Kira schaute mich wieder an mit diesem Kirablick, der tief unter die Haut geht. Ich bestellte noch zwei Gläser Wein.

„Fiona sehe ich manchmal. Sie hält mich für eine Art nette Tante, eine Freundin vielleicht, liebe Frau oder so ... Aber sie haben mir verboten, dass ich ihr beibringe, ‚Mama‘ zu sagen ... Ich habe Katja sehr geliebt ... Ich wollte mit ihr das Kind ... Jetzt habe ich aufgehört zu kämpfen ... Etwas in mir ist kaputtgegangen ... Nichts ist wahr. Nichts, nichts, nichts ... Oder doch? Das Erlaubte hat mich kaputtgemacht. Das ist wahr!“

Ich reichte Kira ein Taschentuch.

In diesem Augenblick spürte ich, dass ich Kira seitdem noch ein kleines Bisschen lieber mochte als schon zuvor – oder auch ein großes Bisschen mehr. Wirklich wahr.

Ich liebte sie auf eine Weise, wie man nur Kira lieben kann.

Auf dem Stück Erde neben der Straßenlaterne, die unseren Tisch in ein fahles Weißgelb tauchte, welkten ein paar Blumen, in einer Distel hatten sich Federn verfangen. Darunter sah man den Bauch einer toten Taube, die steif dort lag, anderen Tier zum Opfer gefallen war, vielleicht einer Katze. Wir zahlten und radelten nach Hause.

Wir redeten danach nie wieder über Katja und Fiona.

„Nach dieser Geschichte bin ich nach Irland gereist", merkte Kira noch an, „eigentlich zum Wandern, dann bin ich für eine lange Weile geblieben, weißt du. ‚It`s always difficult in between those things`, hat eine irische Freundin, Noreen, auf einem Spaziergang, einmal gesagt ..."

„It`s always difficult in between those things"

Sie laufen ihren Lieblingsstrand entlang. ‚Kurven gehen gegen unendlich', fällt Kira ein, als fühle sie, was es bedeutet, gegen unendlich zu laufen. Der Strand ist weit, der Sand fein, und wenn der Himmel sich ungetrübt ausstreckt, könnte das einsame Gelbbraun, die klarblaue Weite, der ewige Horizont irgendwo am Mittelmeer, gar an der Südsee sein. Niemand käme auf die Idee, dass das Irland ist, schon gar nicht im rauen Nordosten, in Mayo.

Noreen, die Nachbarin, fast eine Freundin, läuft barfuß. Ihre Jacke lacht rot in der salzigen Luft.

Es ist einzige Strand, an dem sie nicht melancholisch werde, sagt sie, und dass sie in dieser einsamen Gegend nicht dauerhaft leben könne. Noreen zieht es immer wieder auch in die Hauptstadt, in ihre kleine Wohnung in einer Dubliner Siedlung zwischen Pubs, Läden und Cafés. Erst, als sie am Ende des lang gezogenen Sandstreifens an die Felsküste gelangen, zieht Noreen ihre Schuhe wieder an. Sie klettern die Steine hinauf, kommen an Felsbrocken vorbei, die sich in der Art, wie sie aufgerichtet sind, deutlich von den anderen herumliegenden Steingiganten abheben. „Eine Art Friedhof, guck", Noreen zeigt vage nach vorn, „man hat Knochen gefunden. Vermutlich wurden Leute in der Famine-Zeit, der großen irischen Hungersnot, dort begraben. Halb Irland wurde dahingerafft. Gar nicht düster sieht das aus, oder?" Sie zieht die Schuhe erneut aus, streckt die Arme weit nach außen, schaut Kira an „das ist mein Strand!"

Kira ist nach Weinen zumute, danach, den versiegten Tränen ein Flussbett zu bauen. Sie möchte, dass Noreen weiterredet, sie mitnimmt in ihre Gedankenwelt, ihre Seele.

Sie steigen eine in den Stein gehauene Treppe bergab, zurück an den ausschwappenden Rand des Wassers. „Man kann hier Muscheln finden. Du musst ein bisschen unter der Oberfläche nachsehen."

Kira untersucht mit ihren Füßen die Beschaffenheit des Sands: An manchen Stellen sinkt man tief ein, andere sind hart und rau, wieder andere matschig. Hier zieht sie auch die Schuhe aus. Der Sand ist kalt. Die Füße heben sich darauf zuerst weiß, bald bläulich ab. Die kristalligen Sandkörner glitzern. Sie sind unterschiedlich groß. Muschelschalen schneiden in die Fußhaut.

"It is always difficult in between those things", meint Noreen plötzlich und sieht Kira versonnen an, „zwischen Leben und Tod ist es auch hart. Und man findet eine Menge ...", sie lacht, zeigt ein paar Muscheln, einen Knochen, einen Stein, einen Krebs. Über ihnen zeichnen Flugzeuge Linien in den Himmel. „Von überallher kommen sie.

Die meisten fliegen nach Amerika. Alle über unser kleines Irland. Schau, gerade sind es drei aus ganz verschiedenen Richtungen." Sie zeigt in den Himmel, wo die Jets in unterschiedlichen Höhen und Winkeln gen Westen fliegen. „Welche Menschen darin wohl Platz genommen haben? Mit welchen Sehnsüchten und Ideen? Ich möchte ihre Gesichter betrachten. Sie danach fragen. Du nicht?"

Sehnsüchte und Wünsche flirren in der Luft. Kira möchte sie nach den ihren fragen. Noreen ist bereits 71, „it`s always difficult in between those things", sie meint das Leben, ihr Leben.

„Ja, verdammt hart ist das Leben." Kira gibt ihre begrabenen Sehnsüchte nicht preis, belässt es bei dieser Bemerkung.

Sie würde in ein paar Wochen dieses Land wieder verlassen.

„Ich habe mich sattgesehen an einer Fülle von unterschiedlichem Grün und Grau und Blau. Es ist mein letzter Strandspaziergang mit dir, Noreen." Kira blickt nach oben.

Dann schauen sie sich an: Kira sieht Noreens faltiges, wettergegerbtes Gesicht, die Lachfältchen, die bernsteinfarbenen Augen. Dieser Strand ist ihr Ort. Schon deswegen liebt sie die Zweitwohnung auf dem Land, in Mayo, an der Küste. Sie kommt nahezu jedes Wochenende aus der Hauptstadt hierher. Dazwischen liegt der lange Weg. Das Auto ist ein dritter Ort, das dritte Auge: Musik-CDs, Brotdosen, Thermoskannen, Regenjacke, Steine, Muscheln fahren immer mit, von hier nach dort und zurück. Viele Wege. Wie auch in Dublin, der Stadt: Wege, die sie den Touristen zeigt, erläutert, ihnen die Augen öffnet. „Gerade ist eine Ausstellung in der National Gallery, Turner, Meister des Lichts. Geh hin, wenn du kannst! Er konnte das Licht einfangen." Dann schweigt sie wieder für eine Weile.

„I love my work, but I love the quietness as well", sie hält Kira eine orangefarbene, winzige Muschel hin, eine Perle fast.

„Perlen, geboren mit Schmerz, aus Muscheln", Kira findet einen ihrer Lieblingssätze.

Sie sehen sich an. Freundinnenblicke.

Später trinken sie Kaffee in Noreens Haus. Bilder, Zeitschriften, Kleidung, Kulinarisches in bunter Gemengelage innen; ein verwunschener Garten außen. Eine Wand im Hinterhaus ist bemalt: eine tanzende Frau auf der Mauer, „die habe ich an dem Tag gemalt, als ich mir den Fuß böse gebrochen habe." Sie lacht. „Don't tread on my dreams ... So ist das mit den Träumen. Ich schaue gern auf diese Mauer. Vielleicht sollte ich die andere auch noch anmalen."

Als Kira sich verabschiedet, fühlt sie sich groß und weit. Sie träumt sich Flügel, solche, die nach Amerika tragen könnten oder weiter ...

„Beim Wandern lernt man, sich selbst zu tragen", Kira hatte das einmal gesagt, und obwohl ich nicht wanderte, sondern mich aufgrund der anhaltend schwülheißen Tage die notwendig zu gehenden Wege entlang schleppte, fiel mir dieser Satz ein. Mich tragen oder auch zu ertragen, hatte ich längst gelernt – dachte ich jedenfalls. Ich war um einiges älter als Kira und meinte, mich schon deshalb von diesem Satz nicht allzu sehr berühren lassen zu müssen. In Wahrheit wusste ich nicht, ob ich Kira nach ihrer berührenden Selbstoffenbarung noch einmal wiedersehen wollte.

Es war Mitte August, und seit Ende Juni hatte es kaum geregnet, die ausgetrockneten Böden lechzten nach Wasser, Pflanzen warfen vertrocknetes Laub ab, als sei es Herbst. Die Menschen starrten leer vor sich hin, ein Teil ihres Hirns schien geschrumpft, das Dahinvegetieren hatte allgemeine Akzeptanz gefunden, dem äußeren Erscheinungsbild wurde immer weniger Bedeutung beigemessen.

In diesen Tagen also fiel mir Kiras Satz ein, an dem ich, als sie ihn sagte, schon hängen geblieben war. „Sich selbst tragen" – in diesen Augusttagen war genau dies die Herausforderung.

Kira hatte mir von der Wanderforscherin erzählt, mit der sie – nachdem sie Katja und Fiona hinter sich lassen musste – unterwegs gewesen war: mehrere Tage irgendwo im Norden Irlands, ein mooriges Gebiet, in dem nur wenige Menschen, dafür umso mehr Schafe und Wildenten beheimatet seien.

„Wenn es mir irgendwo beginnt langweilig zu werden, o-
der erst recht, wenn es kriselt oder mehr, breche ich
auf. Irgendetwas begegnet mir dann", so erklärte sie mir
ihre Begegnung mit Walburga Fosser. „Diesmal war es
ein Inserat dieser Forscherin, die Probanden für eine
qualitative Studie suchte: Walburga wollte über die wissenschaftliche Erforschbarkeit ihrer Wander-Leidenschaft
nachdenken", erzählte Kira. „Sie schrieb etwas von dem
Profit, sich ausdauernd in der Natur zu bewegen." Dies
begünstige die psychische und seelische Balance. Meine
war in absoluter Dysbalance, du weißt ..." Auf Grundlage
ihrer Selbsterfahrung habe Walburga ein Forschungsdes-
ign entworfen: „Sie hat etwas über Aspekte des Raums,
der Natur, des Körpers, der Bewegung, der zwischen-
menschlichen Interaktion sowie der Neuropsychologie
geschrieben, es klang sehr abgehoben."

Ich verstand mittlerweile, dass Kira sich davon angezogen fühlte. „Na ja, und weil für sie ihre wissenschaftliche
Erhebungsphase partizipativer Natur sei – so geschwol-
len schrieb sie – suche sie Leute für mehrtägige Wan-
dersettings, um dabei Gespräche aufzeichnen, aber
auch, um individuelles Bildmaterial zu erheben ... und,
na ja, ich war dabei."

Ich dachte, dass ich in derart geschwollenes Reden ver-
fiel, wenn ich Privateres zu schützen hatte und genoss,
dass Kira mir von der Wanderung erzählte.

„Mir zu folgen, gab ich ihm ein Zeichen"

Ohne wirklich zu verstehen, um was es geht, ruft Kira die angegebene Nummer an. Frau Fosser, offensichtlich Schweizerin, nimmt den Anruf wie selbstverständlich entgegen, erzählt von einer Wanderreise nach Irland, die sie in zehn Tagen plane, zwei Tage Dublin und drei Tage Wandern im Nordwesten der Insel, im County Mayo, einer eher unbekannten Region, Kira könne gern mitkommen. Ohne länger darüber nachzudenken, willigt Kira ein.

Kaum hat sie den Hörer aufgelegt, sucht sie nach ihren Wanderschuhen, die etwas verwaist in einem Karton auf sie warten. Irland … Regenjacke, Rucksack, Pullover, Geld … Am nächsten Tag erhält sie eine Mail, Flugdaten, das Hostel in Dublin, die Daten der anderen Wanderer. Sie würden zu fünft sein, mit Walburga zu sechst, drei Männer und drei Frauen. Kira versucht, eine Vorstellung zu entwickeln, es gelingt ihr nicht. Sie spürt nur deutlich, dass sie sich auf diesen Trip einlassen möchte. Das genügt ihr.

Sie lernen sich am Flughafen kennen: Markus ist 54, redet laut und viel, kritisiert die zur Gewohnheit gewordene Möglichkeit der Menschen zu fliegen, ‚Treibstoffverschwendung', ‚Umweltbelastung', ‚Globushopping'… Sein langes, bereits ergrautes Haar hat er zum Zopf gebunden. Er schwitzt.

Sebastian, ein großer Mann um die 60, lächelt aus dem gegerbten Gesicht. „Hi", grüßt er in die Runde, es klingt, als quäle ihn etwas.

Dazu noch Lubov, eine Frau um die 40 aus Georgien in wanderuntypischer Kleidung, mit großen, blauen Augen und sorgfältig geschminkten Lippen.

Und Walburga Fosser. Die drahtige Schweizerin wühlt in ihrem Rucksack, kämmt die asymmetrisch geschnittenen Haare und spricht von dem Weg, den eine irische Kommilitonin ihr empfohlen habe. Der Bus in Dublin fahre am nächsten Tag um 8.15 Uhr am Liffey los, der

Abend in der Templebar könne also nicht allzu lang ausfallen, das Wetter sei schön, sie habe Kartenmaterial dabei.

Kira sagt nichts. ‚Ich bin jetzt hier. Ich bin da‘, wiederholt sie mantramäßig in ihrem Innern, ‚ich bin.‘ Es ist gut, nicht zu verschwinden, davon ist sie überzeugt. Das Verschwinden scheint ihr eine Gefahr zu sein, seit Langem schon.

„How are you?“ begrüßt sie die Stewardess im grünen Kostüm, „fine thank you“, auf dem Flugzeugsitz angeschnallt, versucht sie herauszufinden, wie es ihr gerade wirklich geht. Watte im Kopf, eine abwartende Stille im Körper, irgendwo am hinteren Oberarm juckt etwas, der Magen knurrt, sie beobachtet die anderen, nimmt den Kaffee und zieht den Teig des angebotenen Croissants auseinander, betrachtet die Schichten, steckt sie in den Mund, döst, schaut den mechanischen Bewegungen der Stewardess zu.

Irgendwann landet die Maschine. Dublin Airport. Sie sind mit Handgepäck gereist, gelangt schnell in die Halle, wo es nach Guinness und süßen Bonbons riecht. Jemand spricht sie an. Sie versteht das Englisch nicht auf Anhieb. „Krasser Dialekt, nicht wahr?“ Gunhild reißt sie aus ihren Tagträumereien. Kira nickt, „eigentlich kann ich Englisch ganz gut.“ Markus mischt sich ein, erklärt das Selbstverständnis der Iren, ihre Eigenheiten, die nicht zuletzt daherkämen, dass sie immer den „schwarzen Peter“ gehabt hätten. Er redet sich in Rage, Walburga unterbricht ihn sanft: „Stimmt schon, und wo wir hinfahren, da ist es besonders abgelegen und vergessen. Ihr werdet schon sehen.“

„Die Hexe, die uns irgendwohin lockt. Erst am Teig naschen, dann vollgefüttert und eingesperrt werden. Haha … ich ahne es schon…“, Lubov ist es, die Kira diese Warnung zuraunt. Kira weiß nichts dazu zu sagen. Sie lächelt, ‚vermutlich das blödeste Lächeln, das ich Lubov schenken kann‘, denkt sie und spürt, dass sie sich für die Georgierin interessiert. Sie sucht danach ihren Witz zu erwidern, etwas zu erzählen, was Lubov mögen könnte. Das Apfelkuchenrezept von Tante Edith? Die Wirkweise ihres japanischen Allheilmittels, das sie natürlich mit im Rucksack trägt oder die des Fire Emblems ihrer Anime Halskette, eine Geschichte von Frau Holle, der Katze, die Kira eine Weile gefolgt war?

„Lubov heißt Liebe", sie kommt mit ihrer Erklärung Kira zuvor, „aber so viel Lieblosigkeit wie in meiner Familie muss man erst mal erlebt haben." Kira möchte nachfragen, auch Walburga hört gespannt zu. Sie sitzen im Pub. Die Männer etwas näher an der Band, die bekannte Weisen zum Besten gibt, bei „Sweet Molly Melone" singen alle mit.

Lubov erzählt vom Aufwachsen in einem georgischen Dorf. Mutter und Tante hätten sie großgezogen. Den Vater hätte ihr die Mutter verheimlicht. Ihre Liebe, der Mann einer anderen. „Als meine Mutter dann nach Deutschland ging, hat er sich umgebracht. Die Tante hat es mir erzählt. Die war neidisch auf meine Mutter, wegen des Geldes. Sie hat ´nen Kiosk betrieben. Die wirtschaftlichen Verhältnisse sind immer schlechter geworden. Die zwei Schwestern waren wie Hund und Katz aber auch zusammengeschweißt. Die dritte Schwester ist bei einem Unfall gestorben, den der Vater verursacht hat. Da ist dann die Mutter abgehauen. Die zwei Mädels waren auf sich gestellt. Dann kam ich. Die Tante kann keine Kinder kriegen. Ich war ihre Liebe. Lubov. Bis meine Mutter nach Deutschland gegangen ist. Die lebt hier mit so einem Versicherungsangestellten, den sie nicht liebt. Sie putzt seitdem wie eine Bescheuerte und kann nicht ertragen, dass ich studiere, Instrumente lerne. Lebe ... Schwer, sie auszuhalten. Schwer, mich auszuhalten"

Kira möchte etwas sagen. Walburga kommt ihr zuvor. „Wandern ist sich aushalten. Sich tragen. Versuch das mal zu sehen. Ich hatte auch eine kinderlose Tante und jemand in meiner Familie hat sich umgebracht. Keiner will drüber reden. Interessant ist das. Und wenn man läuft, kommt plötzlich alles rausgesprudelt."

Kira denkt an Lubov und an das, was sie zuvor gesagt hat: ‚knusper, knusper Knäuschen … die Hexe lockt. Was will sie: unsere Wäsche? Erst den BH, dann die Höschen…?'

„Krass, Lubov", mehr fällt ihr nicht ein. Sie nimmt sich vor, unterwegs öfter neben ihr zu gehen. Es gibt da etwas, das sie ausloten möchte. Vorerst lässt sie es dabei, setzt sich neben die Männer, hört der Musik zu, lässt sich treiben. Lässt sich auch am nächsten Tag vom Motorengeräusch des Busses weiter in Trance ziehen, bis der irgendwo hält, wo sie aussteigen. Foxford heißt der Ort.

Walburga erklärt die Boglands, wie die Gegend heißt, wo Torfstechen eine der Haupterwerbstätigkeiten ist. Die Luft riecht weich, ein feiner Niesel kühlt die Haut.

„Wir beginnen heute mit dem Larganmore Trail, vielleicht morgen den Letterkeen Loop und denn auf den Nephin, ein mystischer Berg, ihr werdet sehen." Walburga schaut, während sie diese Namen möglichst flüssig auszusprechen versucht, in einen winzigen Spiegel, korrigiert etwas an ihrer Haut.

„Sieht weit aus." ‚Sebastian hat eine schöne Stimme', denkt Kira und schaut ihn an: „Du bist groß!"

„Geh her, wir schaffen das. Alle!" Walburga setzt ihren Rucksack auf, die anderen tun es ihr gleich.

Lubov reicht Kira einen Keks. „Danke! Wer weiß, wann die Pause macht …" Sie lachen sich zu.

Markus weiß, dass Torfbrikettverbrennung überall verboten sei, „nur die Iren halten sich nicht dran. Verdammte Umweltverschmutzung!" Er atmet schwer.

„Und wo bist du Zuhause Lubov? In Georgien? In Deutschland …?"

„Keine Ahnung – in dem, was ich tue. In dem was ich liebe …" Lubov spricht sehr ernst.

„Und was ist das?"

„Jetzt wandere ich."

„Vorgestern hatte ich ein Konzert. Klavier und Gesang mit Ismael, einem Bariton, virtuos, einer, der alles gibt, immer an der Grenze zum Wahnsinn, falls es diese Grenze überhaupt gibt ... Was morgen ist, weiß ich nicht."

„Hm ..." Kira belässt es vorläufig dabei.

Sie bleibt noch eine Weile länger in Irland.

Es regnete seit Tagen. Die Luft war feucht und kroch bis ins Knochenmark, wenn man sich nicht ausreichend zu schützen wusste. Kira rief unverhofft auf einer Durchreise an, um vorbeizukommen, und ich war bereit, den Tag mit ihr ausklingen zu lassen. Sie hielt mich davon ab, Überstunden zu machen und mehr an meinem Broterwerb zu kleben, als notwendig war.

Wir tranken Tee in meinem Lieblingscafé und lauschten dem Klopfen des Regens an das Fenster. „Ich liebe den Geruch von Regen auf Erde, am besten im Sommer, wenn die Furchen aufgeweicht werden und der Boden dampft", sagte sie.

Kira sah schön aus, wenn sie so versonnen vor sich hin dachte. „Dampfbad wäre jetzt auch das Richtige" antwortete ich, und Kira lachte. Sie erzählte mir dann von einem Dampfbad an einem Ort an der Küste Irlands, in Inniscrowne. „Abgefahren", sagte sie nur, und meinte, in Irland habe es auch immer geregnet.

Ich hörte den Regen, dabei Kiras Stimme beim Erzählen und hatte plötzlich den Geruch von Salz in der Nase.

„'s ist seltsam!"

Kira fährt weit, um dem trostlosen Nass, den klammen Cottagetearooms, den nicht enden wollenden Stürmen etwas entgegenzusetzen.

Das „Seaweed Baths" gilt als Wellnessoase der kargen Region im Norden Irlands. Sie will es hier eine Weile aushalten, weg von allen und allem, in der Natur versinken, die ihr inzwischen auf die Nerven geht.

„Ich benebele mich", schreibt sie der Freundin in Berlin und muss kichern. Alexandra würde an Kiffen oder zumindest Rauchen oder Trinken denken, Whiskey oder Wein oder beides.

Kira mag sich nicht allein betrinken und sie hat nichts zu rauchen.

Dampfbadbenebelung, sie genießt es, sich das Wort auf der Zunge zergehen zu lassen. Sie steuert das Auto die Küste entlang, findet den Wegweiser zum Badehaus direkt hinter der Kaimauer. Meerwasser, Algen und Dampf, so liest sie in der bebilderten Broschüre, seien das Vitalitäts- und Schönheitselixier schlechthin.

Ein stechender Geruch bereits in der Eingangshalle, in der eine kräftige Frau im chlorfarbenen Kittel ein Eintrittsgeld entgegennimmt und ihr zwei ebenso chlorfarbene Badetücher reicht. „Room number two", Kira sieht beleibte Frauen in Gummistiefeln und Kittelschürzen Eimer mit Algen in die Kabinen schleppen. ,Wo um Gottes Willen bin ich hier gelandet?', fragt sie sich und ob sie nicht lieber gleich wieder das Weite suchen soll.

Allein das Wetter draußen schreckt sie ab, diesen Ort sofort wieder zu verlassen. Room number two entpuppt sich als eine Art gekacheltes Verlies. Rechts neben der Tür, von der unklar ist, ob man sie von innen öffnen kann, eine Art Schafott: eine Holzvorrichtung, die den Hals umgibt, um den Kopf nach oben freizugeben und dann einen Verschlag für den Körper, daneben ein Seil, das, wenn man daran zieht, heißen Dampf im Raum verteilt. In der anderen Ecke des Raums eine riesige, metallene Wanne. Schlieren aus schmutzigem Gelb an der Außenwand, am Kopfende eine röhrengroße Dusche. Neben der Wanne ein Eimer mit Algen. Kira gehorcht den Gesetzen des Raums. Sie zieht ihre Kleider aus und bemüht sich, den Bildern in ihrem Innern Einhalt zu gebieten: ,Die Frauen sind keine Aufseherinnen', ,es ist Dampf ... nur Dampf ... nichts Anderes', ,ich darf wieder raus aus dieser Wanne, und die Metallröhre ist nur eine Dusche.' Die Beschwichtigungen nutzen wenig; während Kiras Körper sich in den Algen aalt, spukt es in ihrem Kopf: ,Strafbad für die Lesbe', ,vergasen sollte man sie', ,nackt heiß übergießen, die Hexe!'

Sie schließt die Augen. Dampf, Salz, Wasser, Haut, Gedanken mischen sich zu einem Zustand völligen Benebelt- ja, Benommenseins.

„Are you all right?", es ist wohl die mit den Gummistiefeln und den strähnigen Haaren unter der Hygienehaube, die da klopft. „Yes. Yes. All right."

Kira rubbelt ihren roten Körper trocken und zieht sich wieder an. Teil für Teil. Andächtig. Die Haut fühlt sich nun pfirsichweich an und atmet Meer. Sie spürt, dass die Seele wieder erwacht; Phönix steht aus der Asche auf. Himmlisch, das Gefühl nach dieser Höllenfahrt!

Kira atmet Seeluft. Es regnet noch immer. Als sie zurückfährt, schaltet sie Radio und Scheibenwischer gleichzeitig an. Sie singt laut mit, sehr laut sogar. Voll benebelt.

„Und nach dieser Krise, Kira, als du dich wieder aufgerappelt hast in der Irlandzeit, wie und wo ging es dann weiter?" Endlich stellte ich diese Frage. Ich wollte mehr wissen. Sie zog mich in etwas hinein.

Ich hatte mich an die Regelmäßigkeit unserer Treffen gewöhnt, als seien sie selbstverständlich und fragte mich, was genau diese Unselbstverständlichkeit ausmachte, die mich sogar einmal eine Verabredung ausfallen ließ, damit ich Kira treffen konnte. Spätestens zu diesem Zeitpunkt musste ich mir Rechenschaft ablegen. ‚War ich in Kira verliebt?', ‚Nein, nicht wirklich, auch, wenn ich das erotische Flirren nicht abstreiten konnte, das unsere Treffen besonders machte. ‚Würde ich mit einer Reportage über sie eines Tages groß rauskommen?' Unwahrscheinlich. Sehr unwahrscheinlich sogar. Nichts an Kira war populär, sie war kein Star, kein Skandal rankte sich um ihre Person. ‚Wurde sie meine Freundin?' Vielleicht war das die treffendste Bezeichnung, aber das Werden dieser Freundschaft und deren Form schillerten mindestens in gleicher Weise wie Kira.

Die Initiative unserer Begegnungen ging meistens von mir aus, und Kira reagierte mit verblüffender Selbstverständlichkeit auf meine Vorschläge. Vielleicht war es die Selbstverständlichkeit der Heimatlosen, dachte ich später, als ich mich ihr ganz selbstverständlich und sehr tief verbunden fühlte.

„Kira ...", ich wollte etwas sagen und fand den Faden nicht, den sie offenbar bereits in Händen hielt, „es gibt nicht auf alle Fragen Antworten und manche Fragen haben keine Worte", erwiderte sie, noch bevor ich weitersprechen konnte.

Dann erfuhr ich von ihrer Liebe zu Berlin, zu Ivana und zu Eisbein: „Berlin ist ein Ort, wo Menschen stranden. Ivana hat mich damals aufgenommen. Manchmal frage ich mich, ob ich mich der Gewöhnlichkeit wegen schämen muss, mit der ich es besonders finde, immer wieder in Berlin zu stranden."

Sie schaute etwas somnambul in die Weite. Ich forderte sie sehr vorsichtig auf: „Erzähl mir davon" und fasste sie dabei an, um sie ins ‚Hier und Jetzt' zu holen, in dieses Café, zu unserem Cappuccino und den Mozzarella-Brötchen. Es funktionierte: Sie biss ab, kaute, spülte mit Kaffee nach, „okay ... ja, also Berlin ...":

„Ach, sie kennen nicht dies Leben"

Kira steht am Bahnsteigrand und wartet auf die Bahn, die aus irgendeinem Grund Verzögerung hat. Eine Schaffnerin mit gelber Schutzweste regelt irgendetwas, Menschen drängeln an ihr vorbei, ein Obdachloser spielt auf einer Flöte, eine japanische Reisegruppe versammelt sich um eine Reiseführerin im marinefarbenen Kostüm, Tauben picken Brotkrümel rund um die Mülltonnen auf. Erleuchtete Straßen, Fenster, Busse, Bahnen lassen es weithin glitzern.

„Berlin tut gut", denkt Kira und fühlt sich banal.

Sie hat sich mit Ivana verabredet, die kennt sie seit Jahren. Ivana arbeitet in einem Kulturbüro. Was sie da genau macht, weiß Kira nicht. Ivana spricht wirr und gehört zu den Menschen, bei denen man, auch, wenn man sie bittet, etwas zum dritten Mal zu wiederholen, nicht weiß, von was sie jetzt genau sprechen. Dafür hat Ivana immer gute Ideen, sie ist immer selbstverständlich einfach da, ist meistens gut gelaunt und das reicht schon, um sich mit ihr wohlzufühlen – jedenfalls für kurze Zeit.

„Ich hab einen portugiesischen Weinladen entdeckt, Tapas und Käse und so 'nen Kram gibt's da auch ... also: Kreuzberg, Nähe Bergmannstraße ..." Ivana beschreibt ihr die Lage genauer, „18 Uhr und später am Abend dann tanzen gehen?"

„Okay! Sag mal, Ivana, kann ich zwei Nächte bei dir pennen?"

Ivana grinst: „klaro!"

„Danke. Können wir erst mal meine Tasche dahin bringen?"

Sie laufen ein Stück an der Spree lang, Leute winken von vorbeifahrenden Ausflugsbooten, die Museumsinsel bietet sich vor ihnen dar, sie biegen ab, irgendwoher kommt Bratwurstduft, ‚Currywurst' meint Kira zu erkennen.

Sie schweigen, bis sie bei Ivana ankommen. Die Hinterhauswohnung in Mitte liegt im vierten Stock, die Dielen sind abgetreten, zwei der Fenster undicht, Etagenklo, dafür mit Blick auf die Gegend um den Bahnhof Friedrichstraße, gemütlich und warm zudem.

„Hier ich hab auch noch 'nen Schlüssel."

Ivana hält ihn ihr hin. Kira steckte ihn ein. „Jetzt zu dem Portugiesen. Wein und Käse klingt gut! Obwohl, ... weißt du, ... das mit Lissabon ... ich will mich jetzt gar nicht erinnern ... war mal da."

„Zu spät, hier sind wir schon." Ivana zeigt auf eine unscheinbare Eingangstür.

„Wow!" Kira nickt, als sie das kleine Lokal betreten. Ein paar Fotos auf den sonst kahlen Wänden, schlichtes Mobiliar, leise Musik, auf dem Tresen ein paar Flaschen Wein. An einem Ecktisch sitzt eine junge Frau mit langen schwarzen Haaren und sehr dunkeln Augen und rechnet.

„Olá!" Der Wirt erkennt Ivana offensichtlich wieder. „Ola Joel! Dois vinhos brancos per favor!"

„Sprichst du portugiesisch?" Kiras Anerkennung wächst.

„Um pouco. Não falo muito mas algumas palavras ... ein bisschen nur." Ivana grinst. Joel bringt zwei Gläser Wein und stellt Brot auf den Tisch, „Tapas tambem?"

„Sim", Ivana nickt,

„Hier tank ich auf: Süden und Sehnsucht und Suchen, nach was auch immer ... hier geht das!"

„Verstehe! Auf den Süden! Auf Berlin! Auf uns! Saúde!"

„Saúde!" Ivana lächelt, „du siehst müde aus!"

„Ja, bin ich ... Innendrin und außen auch ... saumüde. Wieder mal keine Ahnung, was ich will. Nur, dass ich was will, was andres will, ach ja ... hier sitzen zum Beispiel."

„Kira, meine Kira, Melancholia sollte man dich nennen! Wir gehen in so einen Soulschuppen nachher, Reggae, Soul ... Wir tanzen uns frei! Einverstanden?" Sie legte den Arm um Kira und erzählte dann etwas von einer Nachbarin, die ihr merkwürdig vorkomme, weil sie so verschwörerische Fragen stelle, von einer speziellen Backform für Pasteten und davon, dass sie lieber mit Koriander als mit Petersilie würze, vom Hund ihrer Mutter, der gern Tomatensuppe schlürfe und dass sie für den nächsten Tag ein Treffen mit einer Verwandten aus Ost ausgemacht habe, die kenne sie kaum, sie wäre aber vermutlich irgendwie interessant, russisch habe sie studiert und sei nach der Wende irgendwie frustriert.

„Sim sim, ja irgendwie alles strange und witzig und schön ...", sie stoßen an.

Sie trinken zwei oder auch drei Gläser Wein und reden sich in den Abend. Kira fühlt sich plötzlich leichter und freier. Alles, was jetzt nicht hier und jetzt ist, löst sich in Wohlgefallen auf.

Als sie in der Tanzbar ankommen, ist es 23 Uhr, früh genug, um mit viel Platz dem Körper Raum zu geben, sich zu bewegen, erst vorsichtig, dann immer mutiger, bis es völlig egal ist, was wer in ihr sehen könnte, was wie stimmt oder passt. Frauen um sie herum ziehen tanzend vorüber, ein Mann macht sich breit, jemand schimpft. Kira ist es egal, „ich tanze, tanze, tanze ..." Sie tanzt durch, bis Ivana sie irgendwann zum Tresen führt, „ausruhen, trinken Liebe! Das ist ein Befehl." Sie wirkt glücklich.

Sie essen Pizza zum Abschluss mitten in der Nacht, Riesenstücke, heißhungrig. „Zwei Nimmersatte, sind wir, nicht wahr ...?!" Kira streicht Ivana über die Hand, die nickt.

Der Mond scheint voll. Es ist, als lächle er ihnen zu. Kira schläft in dieser Nacht lang und fest. Im Traum sieht sie sich. Sie hat zwei Köpfe. Es fühlt sich merkwürdig an. Noch Stunden nach dem Aufwachen spürt sie dieses Gefühl und streicht sich häufiger übers Gesicht als sonst. Es gibt nur ein Gesicht, nur eine Kira. Sie ist in Berlin, bei Ivana und plant heute noch einen Besuch bei Alexandra, die sie aus ihrer Jugendzeit kennt. Als sie gerade 18 geworden waren, hatten sie zusammen politische Diskussionen geführt, beide waren sie auf der Suche nach irgendwas, nach irgendwem. Alexandra hatte alles Mögliche versucht: Arabisch lernen im Negev, eine Kloster-Auszeit, ein halbes Jahr USA ... jetzt malt sie und kellnert in einem Café; sie lebt schon ein paar Jahre in Berlin in einem der abbruchreifen Häuser, hat sich dort ein Atelier eingerichtet.

Kira läuft den Weg dorthin vom Hauptbahnhof aus zu Fuß. Sie schaut über das neugebaute Regierungsviertel, überquert die Spree. Es ist, als fühle sie in Berlin erst recht die Unruhe, die sie sonst wegtragen könnte, wegtragen würde. Aber wohin sollte die Reise gehen? Kira stolpert. Sie stolpert öfter in letzter Zeit. Das ärgert sie. Es ist, als habe sie die eigenen Füße zuweilen nicht im Griff.

Das erzählt sie Alexandra nicht, als sie sich erst in „ihrem" Café in Mitte treffen und da nebeneinandersitzen, über irgendetwas lachen. Alexandra zeigt ihr dann im Atelier ein Bild. Aus irgendeinem Grund vergleicht sie ihre Hände mit den ihren ... Alexandras Malerinnenhände sind feingliedrig, die Fingernägel schwarz und weiß oder schwarz-weiß lackiert, die Finger mit Farbsprengseln übersät. Kiras dagegen sind groß und grob, fast fleischig. Wenn sie aufgeregt ist, werden die Hände feucht. Es ist schwer, diese Hände zu mögen und erst recht, mit diesen Händen irgendeine Möglichkeit zu ergreifen. Die Betrachtung ihrer Hände führt sie unweigerlich zu ihren Füßen. Die sind ebenso groß, können gut schwimmen, sind standfest.

„Ich habe vor, ins kalte Wasser zu springen. Irgendein Ortswechsel steht an. Eine Veränderung, ohne, dass ich am falschen Ort zur falschen Zeit sein will." Alexandra tut, als höre sie nicht zu. Kira versteht das als Einladung weiterzureden: „Hände und Füße braucht man, um zu rudern. Ich hasse rudern. Das muss im Gleichmaß geschehen, in einem Takt. Ich kenne den Rhythmus nicht, habe kein Taktgefühl, trete anderen womöglich auf die Füße. Wer oder was bewahrt vor dem Untergehen?"

Alexandra schaut auf: „komm, wir gehen nach nebenan."

Kira sieht sich in Alexandras Wohnung um: 30 Quadratmeter Zuhause mitten in Berlin. Großstadtbeheimatung, umgeben von Straßen, Kinos, Theatern, Büros, Menschen. Einfach ein Bett, ein Tisch, ein paar Kaffeebecher und Kram, der beruhigend wirkt: Tücher, Plakate, Stifte, Spaghetti- und Kaffeedosen, Blumenvasen, Nagellackfläschchen.

„So einfach ist das also!" Und wo sollte sie selbst, Kira Bettina Baumann, stranden, wenn die 30 Quadratmeter Erlaubnis zum Ein-fach-Sein-Dürfen, die Stadt mit ihren Millionen Möglichkeiten, sie wieder ausspuckt, fragt sie sich.

Sie verdrängt den Gedanken, holt ihre Japanisch-Lernkarten aus der Tasche, leiht sich bei Alexandra einen Pinsel und Farbe und malt ein paar Schriftzeichen auf eine herumliegende Zeitung. Dann lackiert sie ihren Daumennagel weiß und setzt einen kleinen, schwarzen Punkt ungefähr in die Mitte.

Vorerst will sie sich noch ein paar Tage bei Freundinnen einrichten. Sie würde Schlaf brauchen. Viel Schlaf. Dann würde sie sich in einer der Ur-Berliner Kneipen Eisbein gönnen mit Sauerkraut und Salzkar-toffeln und viel Senf dazu. Niemand würde sie zügeln oder kommen-tieren.

Noch weiß Ivana nicht, dass sie sie ein paar Tage aushalten muss, aber was sollte die dagegen haben? Sie könnte auch Alexandra fra-gen.

Kira schaut sich um, umfasst den geringelten Becher und wärmt die Hände am Porzellanrund. Alexandra telefoniert mit ihrem Freund, „jajaja", wirft sie dann Kira hin und zieht sich ungeniert aus, legt Mu-sik auf und sucht nach einem Handtuch. „Ich dusch jetzt und nachher gehen wir in eine Bar, Jonny und ich und dann mal sehn ... Willst du mit?"

Kira sieht an sich hinunter, „hm nee, heute nicht ... ich muss was es-sen gehen ..." Sie sagt nicht, was und spricht auch nicht über die Fra-gen im Innern, ihre Gedanken würden Alexandra nerven, da ist sich Kira sicher. Ihrer Meinung nach macht Kira es sich selbst viel zu schwer.

Als sie frischgeduscht, splitternackt im Raum steht und ihren Körper einölt, spürt Kira ein Verlangen, Alexandra anzufassen, über ihre

Beine zu streichen oder den Bauch zu berühren. Sie ist schön, stark-weich und braun und auf einer Schulter prangt ein Echsen-Tattoo, das verführerisch etwas zu sagen scheint. „Komm her!" oder gar „küss mich!" Zum Beispiel.

Alexandra redet, während sie sich eincremt über eine Schauspielerin, deren Name sie vergessen hat, die ihre Brauen auf eine bestimmte Weise hochziehen könne, dass sie das gern malen würde und dass sie es nie verstanden habe, warum man Thailand mit Sextourismus verknüpfe, es sei doch das schönste Land überhaupt. Sie beobachte die Wiederkehr der Dinge in ihrem Leben, und sei froh um ihre vier Wände, das Bett, das sie selbst angemalt habe, sie zeigt auf den bunt schillernden Rahmen, auf dem sich schwarzseidene Kissen türm-ten ..."Warum immer diese Umtriebigkeit?", fragt sie, an Kira ge-wandt. Die habe sie schon früher bei Kira beobachtet, sie verstünde das nicht.

Kira zuckt die Achseln, „keine Ahnung, warum ich so bin, wie ich bin."

Sie isst ihr Eisbein unweit des märkischen Viertels in einer Kneipe na-mens Alt-Berlin, trinkt zwei große Pils und ist sich nach dieser Mahl-zeit sicher, dass sie in ein paar Tagen den Nachtzug nach Budapest nehmen wird: eintauchen in eine Stadt, deren Sprache sie gar nicht kennt, eine Stadt am Fluss irgendwo weiter östlich. Der Gedanke ge-fällt ihr. Oder aber Lissabon? Sie denkt an das Bistro, in dem sie am Vortag war und träumt sich weg.

Mit vollem Bauch und Kopf fällt sie später auf Ivanas Couch, zappt im Fernsehen rum und schläft dabei ein. Sie ist einfach nur da. Das reicht fürs Erste.

Irgendwann traute ich mich, ihr zu sagen, dass ich ihr Liebesleben nicht verstand. „Nichts Kontinuierliches, keine Beständigkeit", stammelte ich. „Wen hast du wirklich geliebt, wen liebst du?"

Kira sagte, dass sie Gerüche liebe und leise fügte sie an, „Pastasoße, Regen auf trockener Erde, mein Manga-A-hego-T-Shirt, Joop – das Frauenparfum, das es jetzt nicht mehr gibt ... überhaupt nicht mehr und für mich sowieso nicht." Ich verstand nicht, was sie meinte.

„Und lieben im engeren Sinn, Kira?"

Sie zuckte die Achseln, „Keine Ahnung – ‚ich biete nur Freundschaft, lieben kann ich nicht.'" Sie war wieder einmal bei der Traviata, „ich erzähl dir doch von allen: Ivana in Berlin, Olivia, mit der ich eine Affäre hatte, Lubov als Schwärmerei vielleicht, Katja natürlich über alles ... Silvi, oder auch gar keine ... Es gab einmal Sue Helen. Ich hatte um die Jahreswende vor drei Jahren eine Annonce geschaltet."

Und da wusste ich, jetzt war es an der Zeit, eine Flasche guten Wein zu bestellen. Vielleicht würde auch ich ihr von meiner Annoncenbekanntschaft damals erzählen, wer weiß. Ich hatte Lust, mich ihr zu öffnen. Und Angst. Violetta in der Traviata: ‚Wäre eine ernsthafte Liebe nicht Unglück für mich?'

Die Traviatatexte machten uns zu Verschworenen. Hatten sie von Anfang an.

Wir saßen wieder einmal in Frankfurt, irgendwo, nicht weit weg von uns, spielten ein paar Straßenmusiker.

Kiras Hand zitterte, als sie das Weinglas hob. Manchmal zitterten ihre Beine. Trank sie so viel? Ich legte diese Frage beiseite und war dann froh, wieder eine ihrer Geschichten zu hören.

„O lass uns fliehen"

Sie treffen sich am späten Vormittag am Praça do Comércio. Beide tragen einen gelben Schal, das ist ihr Erkennungsmerkmal.

Es ist ein Experiment gewesen, sich auf der Plattform ‚Ano Novo em Lisboa' unter der Rubrik ‚Frau sucht Frau' eine Verabredung für Silvester zu buchen. Sue Helen gefällt ihr auf dem Foto und was sollte schon schiefgehen? Sie würden essen gehen, tanzen, danach von irgendwo das Feuerwerk beobachten.

Loslassen ist die innere Überschrift, als sie das Flugzeug bestiegen hat, das sie mitten im Winter nach Lissabon bringen soll. Sie hat sich verfangen, sucht etwas. Etwas Neues.

Schlaflosigkeit, schwere Träume, Wirren mit Silvi, der letzten Freundin ... Immer wieder die gleichen Fragen. Sie hat beschlossen, alles hinter sich zu lassen. Im Winter das nasse Schmuddelwetter gegen mediterranes Frühlingsflair tauschen will sie; und weiche Luft, die sie streichelt, in ihrer Wärme umwirbt, dazu Palmen, die sich im Wind wiegen. Einem Wind, der vom Tejo erzählt, der hier seine Bestimmung findet und sich ins Meer ausbreitet.

„Ich hab uns zwei Karten für den Touribus gekauft", Sue Helen winkt mit den Tickets, „geht ungefähr `ne Stunde, genug Zeit, um ein bisschen zu plaudern und die Stadt in Augenschein zu nehmen." Offensichtlich ist auch sie noch nicht lang vor Ort. Aus der Annonce weiß Kira, dass Sue Helen aus Bamberg kommt. Kurze schwarze Haare, ein drahtiger Körper, funkelnde Augen.

Kira streckt ihr die Hand entgegen, „Hi!", und dann, weil ihr nichts anderes einfällt: „Ja gern!" Sue Helen gefällt ihr. Die Entschiedenheit, mit der sie die Dinge angeht, ihr Schritt, die kleine Brust, die sich unter dem in undefinierbaren Farben gemaserten Nylonpulli abhebt, die feingliedrigen Hände. Sie fühlte sich plump und zugleich beflügelt. „Dort steht einer, lass uns einsteigen. Wer weiß, wie lang die heute an Silvester noch fahren." Sie lachen wie zwei Mädchen beim Schulausflug, als sie es sich im Doppeldeckerbus oben bequem machen und die bereitliegenden Kopfhörer in die Buchse mit der deutschen Flagge stecken. „Funktioniert!" Sue Helen lacht.

„Super Ano Novo" prangt als Plakat an vielen Wänden der Stadt und weist auf die Open-Air-Party hin, die sich ab 17 Uhr vom Tejoufer bis zum Rossio erstrecken soll. „Super Ano Novo", Kira lässt sich den Begriff auf der Zunge zergehen, „na, mal sehen, wie es so wird ..." Sue Helen mustert sie von der Seite, „wohl alles sehr offen bei dir ... open minded ... open hearts ..." Kira schaut ihr prüfend ins Gesicht, „und bei dir?"

„Ein Buch der Unruhe, um Pessoa zu bemühen ... schillernd, immer anders ... wusstest du, dass der unter ich weiß nicht wie vielen Pseudonymen geschrieben hat ...?", „Nee, ehrlich gesagt, weiß ich herzlich wenig von dem." Aber ich hab ein Gedicht gefunden, schau, Kira hält Sue Helen den Reiseführer hin.

Auf der aufgeschlagenen Seite ist etwas über die Büste Sophia da Mellos Breynes markiert. Eine Autorin und Widerstandskämpferin; Kira gefällt, wie Sue Helen sich in die Zeilen vertieft und dann die Zeilen des Gedichts vorliest:

Ich sage:

„Lissabon"

Wenn ich – aus dem Süden kommend – den Fluss überquere

Und die Stadt, in die ich komme, öffnet sich, als würde sie aus meinem Namen geboren.

Sie öffnet sich und ragt auf in ihrer nächtlichen Ausdehnung

In ihrem langen Strahlen von Blau und Fluss

In ihrem angehäuften Körper von Hügeln –

Ich sehe sie besser, weil ich sie ausspreche

Alles zeigt sich besser, weil ich es sage.

„Ich sehe sie besser, weil ich sie ausspreche" – Kira flüstert den Satz vor sich hin und nickt sich selbst zu, schaut, ob Sue Helen ihr zustimmt. „Alles sieht man besser, wenn man es ausspricht", Sue Helen war offensichtlich einverstanden: Mond, Lichtermeer, Luft, Sterne, Stadt. Sie spricht die Worte aus, als seien sie Kleinode. Sie sind es: „Cidade – Stadt", wie viel fließender und klingender ist diese Sprache hier ...

Der Bus ist mittlerweile losgefahren, die Avenida da Liberdade entlang, an edlen Boutiquen, vorbei am Jugendstiltheater, zum Parque Eduardo VII und weiter. Wenig später beschließen sie, in der Avenida Gulbenkian auszusteigen und in die gleichnamige Kunstsammlung zu gehen: ein riesiger Betonkomplex, umgeben von einer Gartenanlage, „70er style" kommentiert Sue Helen, bevor Kira auch nur irgendetwas sagen kann. Es macht Spaß, zusammen unterwegs zu sein; Kira ist erleichtert.

Die Kunstsammlung ermüdet sie, sie nehmen den nächsten Bus und steigen in der Nähe eines kleineren Platzes in der Innenstadt aus.

Improvisierte Stände bieten da Sangria, Caipirinha und frisch gepresste Säfte an. Menschen sitzen in Decken und Jacken gehüllt draußen. Überall in den Gassen gibt es kleine Restaurants; auf Kreidetafeln steht, was angeboten wird: Fisch, Meeresfrüchte, Huhn ... Kira läuft das Wasser im Mund zusammen. „So also geht mein Jahr zu

Ende." Sue Helen wirkt zufrieden: „Ich schlage vor, wir ziehen uns um, und dann hol ich dich ab und wir gehen essen. Ich hab einen Tisch reserviert." „Wie perfekt das alles!" Kira ist von Sue Helens Organisationsvermögen hin- und hergerissen, aber im Grunde erleichtert. „Wohnst du in meiner Nähe?"

Kira denkt daran, wie sie am Vortag nach dem langen Flug, der Abfertigung im Flughafen mit der U-Bahn in der Stadt angekommen ist: Das steil ansteigende Kopfsteinpflastersträßchen, verwinkelte Gassen in und aus allen Richtungen; sie hatte im Zickzack oder auch Kreis zu ‚ihrem Haus' gefunden, ein graffitibesprühtes Eckgebäude, das Appartement im dritten Stock. Ein junger Mann mit Rastazopf hat sie empfangen, Duschbedienung, Müllregelung, Sicherung erklärt ... und hat ihr dann, ohne weiter etwas zu fragen, eine gute Woche gewünscht. Sie hat ihre Wäsche in die Kommode gelegt, den winzigen Balkon betreten, von dem sie über die umstehenden Dächer schauen kann, eine Zigarette aus dem Etui geholt und genussvoll angezündet. Dann hatte sie plötzlich Lust, Silvi anzurufen. Nach der dritten eingetippten Zahl hat sie abgebrochen, „nein, não, não ...! Ich will klarer sehen, nicht alles mischen!"

„Gleich im Nachbarappartement", Sue Helen reißt Kira aus ihren Gedanken und grinst, „du hast mir ja geschrieben, wo du gebucht hast."

Kira denkt jetzt wieder kurz an Silvi und verdrängt den Gedanken schnell. Die letzte Zeit ist schwer gewesen, zäh, klebrig. Ihr fällt der nicht abgewaschene Tisch im Lokal vergangene Woche ein. Reste von klebrigem Saft überall, eine Süße, die sich festgesetzt und zur Last geworden ist. Sprachlose Schwere, böse Stimmungslosigkeiten, Empfindlichkeiten waren den vielen kleinen Lügen gefolgt. Den Lügen vor sich selbst. Sie würde sie sowieso nur höchstens zu fünfzig Prozent verstehen, hat sie Silvi entgegengeschleudert, und das hat gesessen.

Sie haben viel Wein getrunken und sich dann lieblos geliebt. Kira schüttelt die Erinnerung ab.

Sie ist jetzt hier auf diesem Platz, neben ihr Sue Helen. In unmittelbarer Nähe reden zwei Australier über ein Sandwich, das sie grinsend in seine Bestandteile zerlegen wie irgendein defektes Gerät; Mobiltelefontöne kündigen Nachrichten an, mit denen Menschen sich von hier nach dort ein gutes neues Jahr wünschen. Was für ein Jahr würde es werden?

Jetzt will sie einfach genießen. Nur genießen, ohne irgendetwas zu erwarten.

Das kleine Restaurant, das Sue Helen ausgesucht hat, liegt unweit des Miradouro da Graça, sodass sie später von dort das Feuerwerk sehen können.

Die Tische sind festlich eingedeckt, Masken und Hütchen liegen aus, Sekt und Weingläser fordern zur Bestellung auf, und diesmal ist es Kira, die eine Flasche Champagner bestellt.

„Auf uns und den heutigen Abend"

„Auf uns!" Sue Helen sieht ihr tief in die Augen. Sie trägt jetzt ein silbrig glänzendes Blusenkleid aus undefinierbarem Material und eine schwarze Strumpfhose, sodass ihr Körper wie in eine Überraschungstüte gepackt aussieht. Kira, hochgeschlossen ganz in Schwarz, findet sich selbst mystisch, etwas geheimnisvoll. Sie mag sich so.

Eine Frau mit langen, festlich zu Locken frisierten Haaren legt ihnen die Auswahl des Silvestermenüs hin. Sue Helen besteht auf Steak Stroganoff, Kira willigt ein, „okay, ich auch. Und davor Couscous-Salat und ölige Oliven!?"

„Hey, fotografier mich!", Sue Helen hält Kira ihr Handy hin und setzt das Hütchen aus, dann die Maske, lacht – Kira fotografiert. „Jetzt du!", fordert Sue Helen sie auf und dann fragen sie den Kellner, ob er sie beide fotografieren könne.

Sie sehen dem Steak ausgelassen entgegen, lachen über die Dekoration, über die Busfahrt am Nachmittag, über alles; es fühlt sich bunt an, dort zu sitzen und Steak zu bestellen, das wie Sue Helen dann schnell herausfindet, „aber nicht blutig ist!" Sie ist sichtlich enttäuscht und biegt den Rücken nach hinten, um den Tischnachbarn zu fragen, ob er es auch gern blutiger hätte. Kira hätte ihr in diesem Moment gern in die Brustwarze gebissen, die sich ihr entgegenstreckt. „Es geht so", antwortet der auf die Frage, ob es ihm schmecke. „Komm, wir rauchen eine", Kira lenkt ab, sie will Sue Helen jetzt für sich allein haben. „Lass uns zahlen und irgendwo tanzen!" Kira gefällt dieser Ton, mit dem sie sich selbst ganz fremd ist. Sue Helen grinst, „okay Babe" und drückt ihr einen Kuss auf die Backe.

Die weiche Luft ist angenehm kühl, als sie die Gässchen bergab spazieren. Nachtluft. „Du, wir gehen jetzt zum Miradouro hoch und warten auf den Beginn des Ano Novo in einer dreiviertel Stunde, danach finden wir irgendeinen Club, ja?" „Ja!" Kira willigt ein und wie selbstverständlich gehen sie am anderen Ende der Altstadt wieder Gassen hinauf, wo sie nicht mehr lange warten müssen, bis das Feuerwerk beginnt, Menschen sich umarmen, miteinander anstoßen und sich alles Gute wünschen. „Schön, mit dir hier zu sein!" flüstert Kira, und Sue Helen strahlt sie an.

Sie verbringen die Nacht miteinander, genießen die Wärme ihrer Haut und die Bilder des Tages, die Lust aneinander, die Lust, zu sein.

Noch zwei Tage bleiben, dann werden sie in ihre je eigenen Städte zurückfahren, Sue Helen nach Bamberg, Kira zunächst nach Frankfurt. Aber jetzt sind sie hier in Lissabon, das zählt! Sie frühstücken in der immer gleichen Padaria, vertilgen Blätterteigtörtchen wann immer sie ihnen lecker erscheinen, bummeln durch die unterschiedlichen Barrios der Stadt und genießen alles, bis sie sich den Touristen an der Straßenbahnhaltestelle anschließen, die zum Stadtteil Belém fahren wollen. „Herdentiere, oder Gänse, die der voranschreitenden folgen" bemerkt Kira, die Menschenmassen nicht ausstehen kann. „Und dann machen sie Orte zu Museen, Wohnraum zu Kunstraum ..." Sie schüttelt sich, als wolle sie etwas abschütteln. Das Restaurant, in dem sie einkehren, ist lieblos, gelangweilte Paare vor großen Biergläsern rahmen das Geschehen.

Sie bestellen eine Karaffe Wein und Oliven. „Wie geht es Ihnen", der Kellner erkennt an irgendetwas, dass sie Deutsche sind. Sie lächeln müde, loben seine Sprachkenntnisse. In Kaiserslautern habe er einmal gearbeitet, den Reis könne er empfehlen und der Fisch sei immer frisch. Er will weiterreden. „Nein danke, keine Zeit", Kira tut es schon leid ihm ein Kompliment gemacht zu haben. Sie holt einen Reiseführer aus der Tasche. „Weg hier ... komm weg!" Sue Helen nimmt Kira an der Hand und rennt mit ihr quer über eine Parkanlage hin zum Fluss. Der Tejo liegt breit vor ihnen. Sie schauen eine Weile aufs Wasser, laufen dann langsam zurück, kaufen ein paar Postkarten und beschließen, zurück in die Stadt zu fahren, um in der Markthalle am Kai noch einen Port zu trinken.

Bei Schinken und Käsehappen, lautem Markttreiben und süßem Porto klingt der Tag aus. Es ist der Vorletzte. Sie sprechen nicht.

In der Nacht schlafen sie jede bei sich, so, als hätten sie nie beieinander gelegen und einigen sich beim Frühstück in der Padaria darauf, zuerst ein bisschen durch die Läden zu bummeln, eventuell in der Sé, der Kathedrale, zu verweilen, um am Abend rechtzeitig am Flughafen anzukommen.

Jede der Azulejohauswände wird neu zum gekachelten Kunstwerk, jede Gasse sieht so aus, als wäre es ein unbedingtes ‚Muss‘ sie jetzt zu besuchen. Wie unbeabsichtigt passieren sie das Panteão Nacional und das Kloster São Vincente und stolpern ebenso absichtslos ins Fadomuseum, lauschen über Kopfhörer schwermütigen Klängen, während sie Bilder von Strandbars, Abschied und Wiedersehen aus unterschiedlichen Jahrzehnten an sich vorüberziehen lassen. Gebäude, Bilder, Beschreibungen in loser Folge, und doch auch so, wie der Reiseführer es schon vorgegeben hatte. Am Rossio ein letzter Vinho. Sie halten sich an der Hand wie zwei Kinder. „Sue Helen ...“ flüstert Kira, „sag mal, woher hast du diesen Namen eigentlich?“

Sue Helen lacht, „das ist wieder eine lange Geschichte ... komm, lass uns unser Gepäck holen.“

Die Ticketausgabemaschine ist kompliziert für alle, die hier fremd sind. Touristen stehen Schlange, weil sie nicht weiterwissen. Kira und Sue Helen genießen das Warten, als wäre es allein ihre Zeit.

Die Fahrt zum Flughafen ist kurz. Sie küssen sich, als hätten sie sich schon immer geküsst. „Leb wohl“ – „mach es gut“

Bem vindo e bom Ano Novo!

Kira steigt in das Flugzeug nach Frankfurt. Sue Helen fliegt nach München.

Als die Stewardess die Sicherheitsvorschriften erläutert, denkt Kira das erste Mal wieder an Silvi.

Kira sagte, sie liebe die immer gleichen Rituale kurz vor einem Aufbruch: „Aufräumen, Müll leeren – keine Spuren von Gebrauchtem, eine Wohnung clean hinterlassen. Grüße schreiben, an diese und jenen." Sie sagte das so, als könne man den einen oder anderen verlieren.

„Ich mache mir normalerweise einen Reiseproviant, rauche eine Zigarette auf dem Balkon oder sonst wo, wo ich ins Weite schauen kann."

„Vielleicht, weil etwas kommt, was den Alltag unterbricht", antwortete ich und fragte mich, ob Kira überhaupt Alltag kannte. Ich dachte über meine eigenen Weggehgründe nach. Es gab viele: die Last der täglichen Verpflichtungen, Langweile, Schwere, Ungelöstes, Abenteuerlust ...

Kira ging nicht darauf ein. „Ich denke eigentlich nur darüber nach, ob ich dieses oder jenes brauche – manchmal quillt mein Gepäck wegen etwaiger Notwendigkeiten aus allen Nähten. Etwas steht bevor, es gilt, sich zu rüsten, so fühlt sich das an."

Und sie fügte hinzu: „die Wetterlage zu prüfen, gehört noch dazu, so, als bliebe sie danach beständig." Sie lachte.

Immer wieder war sie im Aufbruch zu etwas, in etwas – etwas Unklarem ... So nahm ich Kira wahr.

Ich kannte das ‚Wie wird es sein?' Ich kannte das Bücher-Auswählen und Aufbrüche-Planen. Aber Kiras Abschiedlichkeit war tiefer. Was unterschied ihre Aufbrüche von meinen? Ich fühlte die Tiefe, die mich zog.

„Reisezeilen bleiben haften", das wusste ich, und meinte damit das, was ich unterwegs aufschrieb.

Kira nickte: „Es ist nicht zu berechnen, was da kommt. Vielleicht liebe ich deshalb die Abläufe." Ich nickte.

„Ich liebe Zuggeschichten" fügte sie noch hinzu und erzählte mir eine kleine Episode:

Zwei im Zug

Sie sitzt im Zug, ihr gegenüber, da, wo die Plätze für Rollstuhlfahrer sind, beobachtet sie zwei Männer. Der am Gang sitzt, streckt ein Bein aus. Andre müssen aufpassen, um nicht darüber zu stolpern. Er sei operiert worden, erzählt er seinem Nachbarn, während er ein unbelegtes Brötchen aus der Tüte holt und in den Mund stopft. Sein Handy klingelt: „Ja, den Wagen 112 habe ich bekommen!" Ein schönes Modell, es werde schwierig sein, ihn anzuschrauben. Spezialwerkzeug brauche man dafür. Ja, das Modell 114b habe es auch gegeben, aber 356 Euro seien ihm zu viel gewesen. Ja, gegen 23.45 Uhr sei er dann wieder zuhause und werde sich am nächsten Tag melden.

Er wendet sich an seinen Nachbarn, früher habe es das nicht gegeben, immer und überall zu telefonieren, teilt er ihm mit. Der Nachbar schaut von seinen Notizen auf: Ein handgeschriebenes Bündel Papier liegt vor ihm, er bereite sich auf einen Vortrag vor, die Bedeutung der Monarchien in Europa, erklärt er, er sei Historiker. „Aha", der mit der Semmel nickt.

„Entschuldigen Sie, heute in München ... kommen Sie aus München oder sind Sie nur dort eingestiegen?", fragt der Semmelesser zwischendurch, „Nur eingestiegen, ich komme aus Göttingen, die Göttinger Sieben, wissen Sie ..." antwortet der andere und als gehe er darauf ein, erwidert der andere, „also in München im Biergarten, da hat mich der, der die Gläser einsammelt, ein Ausländer übrigens, angesprochen: dass er schließlich auch Europäer sei … über die Münchner Juden hat er geschimpft und mehr gesagt, was ich nicht verstanden hab."

Der Geschichtsprofessor schüttelt den Kopf: „Eigentlich sehnen sich die Deutschen auch nach der Monarchie, das ist aber nun aus mehreren Gründen nicht mehr möglich hier." Er nimmt seine schmale Goldrandbrille ab, wischt sich über das sorgenfaltige Gesicht, „Entschuldigung, ich muss einmal aufstehen." Während er die zu weite Hose glattstreicht, am eigelben Pullover zieht, wendet er sich noch einmal an den Sitznachbarn, „Wissen Sie, es ist eine merkwürdige Zeit."

Kira würde sich jetzt gerne einschalten, den vom Sitz gegenüber etwas fragen, wie er das genau meint, aber es kommt zu keiner Unterhaltung.

Der Geschichtsprofessor neigt er sich leicht vor, greift nach seiner Aktentasche, eine Art Schulranzen aus den 1950ern aus braunem, abgegriffenen Leder, sucht seinen ‚Geldbeutel', wie er sagt, und geht mit gebeugtem Rücken in Richtung Speisewagen.

Der Sitznachbar schaut einen Prospekt über Modelleisenbahnen an. Kira hört von hinten, wie ein Matrose einer Frau die nächste Reise beschreibt, „mehrere Monate auf See, ins Baltikum und weiter" … ein Glück, dass er keine Freundin habe.

‚Ist es besser, allein zu sein, wenn man reist?', fragt sie sich. „Keine Frau ist vielleicht besser", der Eisenbahnfreund schaltet sich ein, Kira denkt, dass auf ihn zuhause sicher eine Margot, Sabine, Katharina oder Wilma wartet. Vielleicht sprechen sie nur noch wenig, essen immer seltener zusammen. Vielleicht versteht sie seine Leidenschaft für Züge nicht und er versteht sie auch nicht. Kira verliert sich in den Fantasien über die Ehe des Modelleisenbahnfachmanns. Vielleicht hält er das schon lang aus, aber was gäbe es sonst für ihn? Alleinsein. Altwerden und allein die Beliebigkeit der Ereignisse noch viel mehr spüren. Kira ist nun bei sich. Sie schaut aus dem Fenster. Die Landschaft zieht vorbei, leicht gewölbte Hügel, unterschiedliche Grün- und Brauntöne.

Der Wissenschaftler in dem eigelbfarbenen Strickpullover kommt zurück, „ich habe meine Frau angerufen. Sie holt mich ab. Wir werden noch ein Gläschen Wein trinken am Abend. Wir lieben dieses Ritual." Kira stellt sich vor, wie er ihr seine Manuskripte vorlesen wird. Niemand würde ihm besser zuhören als seine Matilda, so könnte sie heißen, und vielleicht schon 32 Jahre Ehe hinter sich haben. Er steigt über das ausgestreckte Bein des anderen. „Entschuldigen Sie", er lächelt in Kiras Richtung.

‚Es ist ein Glück, nicht einfach nur irgendwo ankommen zu können, sondern, sondern bei jemanden bestimmten', würde sie ihm gern sagen. Sie lächelt zurück.

Bei unserem nächsten Treffen hatte ich den Eindruck, Kira hinke ein wenig. Sie wirkte müde, ihre Worte kamen weniger fließend als sonst.

„Geht es dir nicht gut?" Obwohl sie die Frage mit Sicherheit gehört hatte, schwieg sie.

„Kira?"

Sie suchte nach einem anderen Thema: Ob ich mich als Wessi fühle, wollte sie wissen, und ob es für mich eine Rolle spiele, Wessi zu sein. Auf meine Frage ging sie nicht ein. „Nichts, es ist nichts", sagte sie, als ich das West-Ost Thema ausschlug und meine Frage wiederholte. Ihr Ton klang schärfer als sonst, „mit Krankheiten und Gebrechen halte ich mich nicht allzu lange auf." All ihr Misstrauen, ihre Abwehr, ihre Angst waren in dieser Verknappung enthalten.

Kira erzählte dann von einem guten Freund, den sie öfter in Leipzig besuche. Das sei nicht ‚ihre Stadt', trotzdem sei sie hin und wieder dort. Das letzte Mal, um ein Theaterstück zu sehen. Ich verstand erst später, dass ihre Leipziggeschichte die Antwort auf meine Frage war.

„Every Body Electric"

„Every Body Electric", heißt das Stück"[iii] für das sie dieses Mal nach Leipzig gekommen ist. Menschen in Rollstühlen zeigen ihre Körper; Oberkörper wippen zu elektronischen Beats, Beinmuskeln zucken, alles Mögliche kommt in Bewegung, als wollten sie alle sagen: „Es ist mehr möglich. Viel mehr. Mehr Kraft. Mehr Poesie. Mehr Ausdruck. Mehr Freude. Mehr Körper."

Draußen lassen Minustemperaturen die Stadt erstarren; bemantelte Menschen sind in Schals und Mützen eingemummt, bewegen sich behäbig von hier nach dort und das backsteinerne Theatergebäude am Rand der Stadt verrät nichts vom Aufbegehren der Körper, die sich auf der Bühne zeigen.

Kira übernachtet bei der Familie des Freundes. Der sagt, wie froh er ist, in dieser Stadt Arbeit gefunden zu haben. Es klingt freudlos.

Der neunjährige Tim liest ihr Käpt'n-Blaubär-Witze vor. Antonia, die fünfjährige Tochter, kleidet ihre Puppen an und wieder aus. Kira hilft ihr dabei. Die Zeit, als sie selbst ein kleines Mädchen war, ist lang vorbei. Ihre Puppe hieß Dolly, Kira hatte ihr die Wimpern abgeschnitten und geweint, weil das unumkehrbar gewesen war. Dolly hatte weniger Kleider als die Puppe, der sie gerade einen Hut aufsetzte. Antonia lacht, klatscht in die Hände.

Bevor Kira die Familie des Freundes am Abend verlässt, um die Vorstellung zu sehen, bläst sie auf dem Balkon Zigarettenqualm in die kalte Luft. Sie sieht dem Rauch hinterher. Er verschwindet im Nebelkalt draußen.

Ihre Hände, Füße, Beine erstarren beim Warten auf die Straßenbahn; sie spürt das noch deutlicher, als sie den Rest des Weges läuft. Die Starre weicht erst im Aufführungsraum, wo sie in den hämmernden Klängen einer elektronischen Musik das Pochen in ihren Adern wiederfindet. Die Musik spielt bereits, als noch keiner der Darsteller auf der Bühne zu sehen ist. Kira fühlt die Vibration, fühlt den Takt, fühlt sich. Eine Schauspielerin liegt am Boden. Sie ist nackt. Sie zuckt. Sie steht auf. Sie tanzt. Mitspieler im Rollstuhl tanzen mit. Es sind die aufbegehrenden Rollstühle, das zuckende Blut in den Adern, die halben Körper, die unkontrollierbaren Körper, gefangen in ihren Rollstühlen, die da tanzen. Auch in Kira tanzt etwas. Alles tanzt.

‚Gefangen im eigenen Körper sein, immer ist man irgendwie gefangen', denkt Kira und dass es gerade leicht scheint, trotz der Kälte draußen zu schweben, wie Rauch, der sich irgendwohin verflüchtigt, wie Töne, die Gefangensein nicht akzeptieren. Niemals.

Jetzt würde sie gern mit denen auf der Bühne tanzen.

Neulich ist sie irgendwo in der Stadt in einer Bar gewesen. Musik der 70er Jahre, das Licht hat sich gedreht und sie sich im Licht, länger und länger und wilder. Yeah yeah … Eine Clique Männer war auf der Tanzfläche; unbeholfen wie sie getanzt, miteinander gekichert haben, wie kleine Mädchen. Yeah.

„Hörst du mit mir Pippi Langstrumpf?", hat Antonia sie gefragt, bevor sie losgezogen ist.

Pippilotta Viktualia Rollgardina Pfefferminz Efraimstochter Langstrumpf. Kira kannte Pippi – und wie sie die kannte! Frei wie Pippi Langstrumpf hatte sie immer sein wollen, damals, als sie so alt war wie das Mädchen jetzt. Frei und stark.

Die Rollstuhlfahrer auf der Bühne sind stark. Stark im Ausdruck, in der Persönlichkeit, in ihrer Kraft.

Kira fühlt deren Körper, deren Lust. Sie fühlt ihren Körper, ihre Lust. Das Stück entführt sie. Auch am nächsten Morgen noch.

Sie sieht durch das Balkonfenster. Die Glasscheibe spiegelt den Freund, der gerade dabei ist, die Espressokanne zu füllen. Er hebt den Kopf, lächelt. Er sieht müde aus. Kira lächelt zurück.

Müdigkeit nimmt Körpern die Spannung, verursacht Juckreiz und Augenringe ..."Espresso ist italienisch, klingt wie Musik", sagt sie. Der Freund lächelt fragend.

Kira geht ins Kinderzimmer. Eine Pippi-Langstrumpf-Figur thront inmitten eines Stapels bunter Bauklötze. „Wir bauen ein Pippi-Langstrumpf-Haus!" Antonia ist bereits dabei. Kira setzt ein paar blaue und grüne Klötzchen aufeinander. Das Mädchen jauchzt, setzt ein paar rote daneben. Sie bauen zusammen: ein verwegenes Gebäude mit überraschenden Winkeln, unterschiedlichen Türmen, Brücken, Tunneln und sonstigen Verbindungen.

‚Gebäudesanierung' nennt man das, erklärt Kira dem Mädchen. Sie denkt an die Häuser dieser Stadt. Leipzig, hat sich verändert, verwestlicht, verbessert, modernisiert. Die Stadt ist aufgepeppt worden. Elektrisiert.

Der Freund hatte Anfang der 90er hier bereits studiert. Kira erinnert sich an den Ofen, das zugige Haus, den Geruch nach Schimmel, stechendem Plastik und Braunkohle ...

Er hat ihr das Völkerschlachtdenkmal gezeigt und die Nikolaikirche. Mahnmale unterschiedlichster Befreiungskriege. Befreiung – Krieg – Befreiung kriegen. Befreiung fühlen. Kira möchte ihre Gedanken ordnen; der Kopf fühlt sich wattig an.

Leipzig, Dessau, Warschau, Liebenau, Moskau ... Orte gehen ihr durch den Kopf. Ost-Orte.

Pippi Langstrumpf sitzt in ihrem Haus.

Die Körper der Rollifahrer tanzen.

Der Rhythmus ist da. Und der Klang. Und die Musik.

Every Body Electric.

Einmal fuhren wir, nur scheinbar zufällig, zusammen eine Strecke mit der Bahn: Hannover – Köln, dort je weiter in unterschiedliche Richtungen. Um uns herum Menschen, die auf ihren Tastaturen Sätze in Laptops schrieben. „Alle sind wahrscheinlich Spezialisten für irgendwas", fiel mir ein.

„Und du, bist du auch eine Expertin?" Es war eigentlich klar, dass Kira so fragen würde.

„Nöö ..., ich wohl nicht." Sie hatte mich erwischt: All diese Fragen ‚wer bin ich?', ‚Was ist meine Profession?' ‚Was meine Leidenschaft?' Das anzurühren, gehörte zu Kiras Wesen.

„Ich spiele lieber mit Worten als mit dem Leben, habe ich einmal in einem Artikel geschrieben", merkte ich an und sie zuckte.

„Man weiß nie, wofür man mal deine Expertise braucht", Kira war bleich geworden. „Lebensexpertisen gibt es viel zu wenige."

Ich schloss die Augen, als sie erzählte:

Spiel dein Leben

Kira ist aus Gründen, die ihr selbst schleierhaft sind, zu einem Kongress eingeladen: „Spiel dein Leben!" [iv]

„Verlass die Komfortzone und sei selbstbestimmt", propagieren die Initiatoren und laden Menschen ein, von denen sie etwas zu diesem Thema zu erwarten meinen.

Dass der Österreicher Oli auf sie gestoßen ist, ist mehr oder weniger Zufall. Eigentlich weiß er gar nichts von ihr, nur, dass sie immer mal wieder im Ausland lebt. Er findet das spannend. Reisen sei eine spielerische Variante des Lebens.

Oli hat sie aufgepeppt, ihr ein virtuelles Image verliehen: „Eine Frau, die sich nicht dem Diktat der Notwendigkeiten, dem Rad der Routine unterjocht und stattdessen spürt, wann es sie wieder wegzieht."

Kira liest diese Ankündigung, als handele es sich um irgendjemanden, eine Frau, die keinesfalls sie selbst ist.

Sie ist schon immer weggefahren, wenn es eng wurde und dass dieser Oli überhaupt auf sie aufmerksam geworden ist, hält sie für eine zufällige Kapriole des Schicksals.

Der Flyer mit der Einladung zum Kongress liegt aufgefaltet auf ihrem Schoß wie ein Rock, der für ein paar Tage genau der richtige wäre. Was würde man von ihr erwarten?

Neben ihr im Zug sitzt ein Mann tief gebeugt über einen Artikel, dessen Inhalt sie nur erahnt. Es muss sich um eine kompliziertere Materie handeln, Philosophie oder Politik vielleicht. Mit einem Schraubfüller schreibt der Mann auf einem weißen Blatt seine Gedanken nieder. Jeans und ein grüner Wollpullover umhüllen den mageren Körper, den Gedanken wie Mücken zu umschwirren scheinen. Die randlose Brille sitzt tief auf der Nase.

„Entschuldigen Sie, Ihr Radiergummi ist heruntergefallen", Kira hebt ihn auf, reicht ihn dem Mann. Er schaut sie an. Seine Augen sind wässrig graublau mit Fältchen rundum. „Danke, sehr freundlich. Den brauch ich. Den Radiergummi ..."

„Forschen Sie?", Kira fällt die Ähnlichkeit zwischen forsch und forschen auf. ‚Augenfällig', denkt sie und verliebt sich in dieses Wort.

„Ja. Städte ... Soziologie der Stadt im 19. Jahrhundert. Am Beispiel Bielefeld. Hm ... was soll ich Ihnen erklären? Interessiert Sie das eigentlich wirklich?" Sie schaut auf seine Hände. Die sind weich. Die Adern treten unangenehm dick daraus hervor.

Die letzte Frage stellt er so eindringlich, dass sie erschrickt. Interessiert sie das wirklich?

„Ja, klingt interessant", antwortet sie und fragt sich, wann eine Lüge beginnt. Kira ist neugierig auf den Sitznachbarn, ihm zu sagen, dass sie sich für ihn interessiert und nicht für die soziologische Erfassung Bielefelds im 19. Jahrhundert, das würde er missverstehen.

Er musterte sie, das groß karierte Shirt über der pinkfarbenen Stoffhose, ihren ernsthaften Blick. „Und Sie? Was ist das für ein Faltblatt auf Ihrem Schoß?"

„Ich bin Expertin auf einem Kongress zum Thema ‚Spiel dein Leben', sagt sie so beiläufig und gleichzeitig entschieden, wie es ihr nur möglich ist. Sie fühlt die Hitze aus ihrem Innern emporsteigen.

„Spiel dein Leben", er wiederholt den Titel in einem Ton, den sie nicht zu deuten weiß. „Was macht Ihr Expertentum aus, wenn ich fragen darf?" Seine wässrigen Augen richten sich nun ganz auf Kira, „Sie sehen ein wenig spielerisch aus. Aber trotzdem, helfen Sie mir."

Kira lacht und hofft, dass er nicht merkt, dass es ein verzweifeltes Lachen ist. „Sie haben die Regel umgedreht – ich weiß nichts über Bielefeld im 19. Jahrhundert."

„Ich steige aber in Karlsruhe aus, das ist in sieben Minuten; der Zug ist pünktlich." Der Mann beginnt, seine Papiere zu sortieren. „Ich könnte Ihnen allerlei erzählen, wenn Sie das wirklich interessiert." Das ‚wirklich' klingt jetzt bedrohlich. „Nur: Ich muss ja aussteigen." Er schaut auf die Uhr. Sie unterdrückt das Aufatmen so sehr, dass sie davon Seitenstechen bekommt.

Als der Mann ausgestiegen ist, faltet sie aus dem Faltblatt einen Schmetterling.

„Mir gefällt deine Geschichte", sagte ich nach einer Weile, öffnete die Augen und sah sie an: „Du Schmetterlingsfrau!"

In Köln trennten sich unsere Wege vorerst wieder. Bevor wir uns verabschiedeten, setzten wir uns in eines der gesichtslosen Bahnhofsrestaurants und aßen Fisch.

„Früher bin ich gern geflogen, heute fahre ich lieber Zug", setzte Kira an, „man bleibt auf der Erde, die Luft trägt zu weit fort", erklärte sie. Wir lauschten dem Klang der internationalen Stimmen aus den Lautsprechern, Zugverspätungen, Gleisansagen mischten sich in unserer Fantasie mit den Stimmen aus den Flughafenlautsprechern: „Flug 3402 nach Hanoi, Passangers to Paris, Mesdames et Messieurs s'il vous plaît ..."

Der Fisch schmeckte fad.

Bevor ich sie um eine Erklärung bitten konnte, warum sie in den letzten Monaten zwei Mal unsere Verabredung kurzfristig abgesagt hatte, setzte sie an, über das Fliegen zu sprechen: „Ein irrealer Zustand in der Luft; Kaugummi gegen den Druck in den Ohren, gebräunte Menschen sittsam in Dreierreihen hintereinander, in sich gekehrte Gesichter, manche schlafen. Stewardessen lächeln. Turbinen rauschen. Ein länderübergreifender Wartesaal ist so ein Flugzeug, oder nicht?"

Ich kannte diesen Zustand und wusste, wie gut er dazu geeignet war, um zu vergessen.

Kira sprach sehr unvermittelt weiter: „Tine wartete auch noch auf irgendetwas. Dann ist sie gestorben. Mit ihr war ich zusammen, bevor ich Katja kennenlernte. Mit Tine bin ich nach Griechenland geflogen. Vielleicht hatte sie auch auf eine Entscheidung meinerseits gewartet, die ich nicht gefällt habe. Dann war es zu spät."

Auch diese Form der Uneindeutigkeit kannte ich gut. „Wäre eine ernsthafte Liebe Unglück für mich?" Ich erinnerte Kira noch einmal an diese Passage unseres Schicksalsstücks.

„Vielleicht deshalb meine Flugaversion", Kira zuckte die Schultern.

„Dieser Fisch könnte ebenso gut in irgendeinem Maschinenraum zubereitet worden sein", Kira wich aus, und ich entgegnete, dass ich das Bahnhofsbistro jetzt gern in eine Fischerkneipe am Mittelmeer verwandeln würde. "Oh ja", Kira stimmte ein, „irgendwo da, wo das Meer und die umliegenden Gärten miteinander verschmelzen zu einer Art Gartenmeer ..." Wir träumten uns weg.

Nach dem Essen setzten wir uns auf einen Mauervorsprung am Bahnhofsvorplatz. Sie deutete mir ein wenig von ihrer Zeit mit Tine in Griechenland an und erzählte dann eine Geschichte vom Zuspätkommen.

„Fräulein Valéry"

Kira will die Zeit festhalten. Die kleine Bucht, wo sie, wenn sie die glitschigen Felsen überquert hat, sich in die türkisfarbene Weite begeben könnte, umspült von leichten Wellen, an den Zehen und Beinen geküsst von kleinen und größeren Fischen.

Sie will weiter morgens an der Bar ein bis drei Espressi trinken, dem immer gleichen Kellner zulächeln, vielleicht einen Toast bestellen. Sie will noch länger Hibiskusblüten bestaunen, Wein trinken und in einem Roman versinken, salzige Haut riechen, im Freien schlafen und Sand an den Füßen fühlen.

Die Zeit lässt sich nicht festhalten und deshalb schaut sie auf das Flugticket, das sie zurück nach Deutschland bringen würde. Heraklion – Hamburg. 20.43 Uhr, stand dort mit ein paar Nullen umgeben und noch ein paar anderen Ziffern und Zahlen.

Sie hat die letzten Tage allein auf der Insel genossen. Jetzt hat sie Kopfschmerzen, das Gepäck wiegt schwer, der Bus riecht nach kalten Pommes Frittes und Staub.

„No, oh, that plane has gone" ... Am Schalter schüttelt die Flughafenbedienstete den Kopf, „too late ... this 20.43 o'clock. 000 is the flight number. The plane started 17.15 o'clock." Das Flugzeug nach Hamburg ist also bereits seit drei Stunden unterwegs. Nein, heute ginge keine weitere Maschine. Die nächste dann in zwei Tagen. „You have to pay a lot ..." Zu spät sein kostet, Kira ärgert sich. Das Sandwich in der Bar neben dem Flughafen schmeckt faulig. Die Musik bedrängt sie ebenso wie die Selbstvorwürfe, die in ihrem Innern eine Art Bauchtanz vollführen. Nabelschau der schlechtesten Art, ‚nicht einmal ein Flugticket kannst du lesen, Kira! ... Zu spät ...' Der Wein bekommt ihr ebenso schlecht wie der Sandwichschinken. Die Insel speit sie aus.

Sie möchte nun gehen. Zu spät.

Vor genau einem Jahr ist sie schon einmal mit Tine auf der gleichen Insel gewesen. Sie haben sich Zeit genommen, um über sich, über ihre Beziehung zu reden, zu schauen, wie es weitergehen könnte.

Fast drei Jahre sind sie da schon zusammen gewesen; einen wirklichen Anfang hatte es nie gegeben, haben sie dort festgestellt und einen gesetzt.

Sie entdeckten eine Lieblingsbucht, saßen abends bei Oliven und Wein, erkundeten sonnengetränkte Gegenden, wanderten, begannen zu reden.

Über das mangelnde Vermögen „nein" zu sagen sprachen sie, über Lust und Unlust, über das Hinnehmen, das so viel Lebenskraft raubt, über die Umkehrung der Lust in Stacheligkeit.

Reden ist lebensrettend. Lebensrettend wie die Hand, die sie Tine hingehalten hat, als die im Wasser dachte, gleich unterzugehen, als sie einmal zu weit hinausgeschwommen war.

„Du hast deine Liebe verloren" – sie weinte, als Tine das sagte, auf der Matratze neben ihr liegend, sie schliefen auf dem Balkon, über ihnen unzählige Sterne. „Meine Liebe verloren?" Sie wusste, dass Tine vielleicht recht hatte. Vielleicht. ‚Was ist schon Liebe?'

Tine ging, wollte den Berg in der Nähe des Dorfes besteigen. Kira blieb zurück. Weinte.

Die Liebe verloren?

Brauchte sie etwas anderes, jemand anderen?

Die Liebe wiederfinden wollen, wie sollte sie das anstellen?

Was von all dem ist es?

Kira hasst die Unklarheit, die sie immer wieder herstellt.

Sie will entscheiden können, was gut für sie und was nicht. Sie will den inneren Kompass wiederfinden – den Sinn für wesentlich und nicht wesentlich. Das! Vor allem das. Auch das ging nicht, ohne mit ihr zu reden, ohne herauszufinden, welchen Platz sie haben sollte.

Der Urlaub schmeckte schal.

Irgendwann flogen sie zurück.

Im Wartesaal hoch in der Luft entschloss sie sich, nach der Landung sich nicht wieder selbst zu verlasen. Sie würde es auf dieser Basis noch einmal mit Tine versuchen.

Sie würde ihre Grenzen achten, zusehen, es darin schön zu gestalten – weit und groß. Ehrlich vor allem, dachte sie.

In der Luft geht das Denken leichter.

Dann ist alles anders gekommen ...

Ich hatte mich mit meinem Singleleben arrangiert. Die Fülle, die von Kiras Geschichten ausging, ihre wirren Beziehungslinien, die unvorhergesehen mein Leben kreuzten, hatten schleichend eine Musterunterbrechung meines ritualisierten Arbeits- und Lebensalltags mit sich gebracht.

Wer waren wir füreinander? Was verband uns? Ich hatte keinen Namen für das Geheimnis, das mich mit Kira verband.

Es war Sommer, die Luft sonnenschwer; Kira in einem bonbonfarbenen Sommerkleid und mit Sonnenbrille, saß etwas verloren auf einer Bank am Fluss, da, wo wir uns verabredet hatten.

„Hallo Kira", ich streckte ihr die Hand entgegen, die sie in der Luftleere hängen ließ.

„Ich habe mehrmals versucht, dich anzurufen."

„Ich weiß." Sie verzog keine Miene.

Wir liefen eine Weile zusammen am Wasser entlang. Später setzten wir uns in ein italienisches Lokal am Ufer, bestellten Oliven, Wein, Pizza und Pasta.

Kira aß ungewohnt wenig, sie sprach noch weniger.

Ich gab mir Mühe, die Situation in den Griff zu bekommen. Es gelang mir nicht. Was um Gottes willen hatte ich mir vorgestellt? Was war los mit ihr?

Ich bestellte neuen Wein, so, wie ich es für gewöhnlich tat, wenn es nichts zu reden gab. Ein Brunnen im Innenhof plätscherte, Geschirr klapperte, Menschen sprachen, im Hintergrund erklang italienische Schlagermusik. Mehr passierte nicht an diesem Abend. Es war gut so.

Kira sagte mir später, die Trattoria habe sie an eine Art Sehnsuchtsort versetzt: „Garten und Sonne und einfach sein."

Ich verstand und war erschrocken, als ich erneut spürte, wie nah sie mir kam.

„Schweigendes Einverständnis und die Luft voller Leben. Das wäre es! Lorenzana ist ein winziger Ort in der Toskana", erklärte Kira und verorte so ihr Sehnsuchtsbild, ihre Sprache wandelte sich, sie formte Poesie:

„Wenn einst die Zeit den flücht`gen Traum"

Windverwehte Tücher krönen vertrocknende Blumenstauden. Ein verblichener Liegestuhl übt Rolle vorwärts. Die Hängematte zwischen Baum und Baum schaukelt, verheddert sich in sich selbst. Der warme Wind hat die gemähten Kornfelder weiblich geformt, die Luft mit schwerblumigem Parfum angereichert.

Feigenfleisch lutschende Lippen singen von Lust, wie die Vögel vom Freiflug und dem Meer. Im Pool plätschern kleine Wellen.

König, Läufer und Dame unter dem Basthocker trunken nach dem Sturz vom Vortag. Das Spiel ist aus.

Es ist Sonntag.

Die Rollläden der Alimentera klappern im Wind, Langeweile lässt die Hunde lauter bellen und die Mücken öfter stechen.

Verfall klingt aus den Zeilen des Romans, der unter die nach Zitrus duftende Haut dringt bis ins Mark. Worte klingen nach, stemmen sich Windböen entgegen. Gedanken bäumen sich auf.

Der Abend wird sie einfangen, mondbeschienen, weingetränkt wird neu ausgesprochen, was ist. Gewebe im rotrosagrünen Garten in Lorenzana.

Ich wusste wenig über Kiras Familie und die Momente, die mir erlaubten, sie danach zu fragen, waren selten. Wieder einmal war unser Treffpunkt Frankfurt; wir liefen den Main entlang Richtung Norden, als ich mich traute, „Deine Mutter, Kira ..., kommt sie auch aus der Ecke hier?"

„Meine Mutter...", Kira zögerte, „schwer zu sagen, woher sie kommt, wohin sie wollte." Eine typische Kiraantwort, dachte ich, verdrängte das Bild meiner eigenen Mutter und blieb hartnäckig: „Versteh ich nicht."

„Ach egal...", Kira hatte offensichtlich keine Lust, mir zu antworten.

Später erzählte sie mir, sie habe ihre Mutter einmal in Wiesbaden getroffen. Nichts weiter.

Ich erzählte Kira, dass ich manchmal nach Wiesbaden fahre, beruflich, wichtige Konferenzen und so weiter. Dass ich diese Bäderstadt, die Villen, den Park, die Weitläufigkeit bei gleichzeitiger Provinzialität mochte und am liebsten ein Zimmer dort mieten würde. Kira wurde sehr still.

„Meine Mutter kam früher manchmal zu Besuch, ich war ein Kind, und da war ja die Pflegefamilie. Es war immer irgendwie merkwürdig, wenn sie kam. Sie konnte das nicht mit 'nem eigenen Kind und so, glaube ich ... Später hab ich sie ein klein bisschen besser kennengelernt, ich habe mit Gundula gesprochen und mir zusammengereimt, warum alles so ist, wie es ist. Sie wollte mit mir einmal nach Wiesbaden fahren. Dort hatte das seine

Wurzeln, das mit dem nicht mit Kind klarkommen und so ...

Kira erzählte, ohne mich dabei anzusehen, „sie ist nicht gekommen. Ich hab da allein gestanden und mir vorgestellt, wie es vielleicht war ... damals bei ihr ...":

„Gott schenkte eine Tochter mir"

Die Mutter will ihr die Stadt ihrer Kindheit zeigen.

Die Stadt ist großbürgerlich, herrschaftlich, weit. Die Kindheit der Mutter muss Gefangenschaft gewesen sein, so fasst Kira das, was sie ahnt, in Worte.

Sie wartet am Hauptbahnhof in Wiesbaden auf die Mutter. Einer der Bahnhöfe, die wie Bahnhöfe aus dem 19. Jahrhundert aussehen: altehrwürdig, neobarock mit einer Halle, Blumenladen und Säulen, unter denen Menschen sich küssen, um sich zu verabschieden oder zu begrüßen.

Ihre Mutter sollte von Gleis 12 kommen. Vermutlich würde man ihr ansehen, dass sie sich nicht sicher ist, ob Kira sie wirklich dort abholen wird. Kira stellt sich vor, dass sie überrascht sein könnte, sie zu sehen. Vielleicht würden ihre Knie zittern. Kira wartet. Sie wartet umsonst. Die Mutter kommt auch mit dem darauffolgenden Zug nicht.

Sie kennt den Bahnhof, die Bahnhofstraße und die Straße, die sich an die Bahnhofstraße anschließt. Sie war schon mit Gundula hier. Die hat ihr erzählt, was sie von der Kindheit der Mutter wusste. Weniges hat die Mutter bei ihren spärlichen Besuchen selbst erzählt.

Kiras Beine erkennen die Straßen, sie laufen mechanisch, allein. Ihr Kopf erinnert sich an den starren Blick, die gehetzte Stimme der Mutter, wenn sie kurz etwas erzählte, etwas von sich preisgab.

Kira ist nicht sicher, ob die Mutter sich über die mitgebrachten Blumen gefreut hätte, ob sie sie überhaupt wahrgenommen hätte. Sie hat goldene Freesien gewählt und rote Tulpen, etwas Grün darin: ein Hauch von Frühling, der weit weg scheint.

Jetzt läuft sie mit dem Blumenstrauß in der Hand die Straßen entlang und taucht in etwas anderes ein, etwas Dunkles: Sie ist plötzlich elf oder zwölf, so alt wie ihre Mutter gewesen sein muss, als sie mit ihrer Ziehmutter – so hat sie sie bezeichnet – damals, kurz nach dem Krieg, in diese Stadt kam. Die Ziehmutter, die sie nicht bewahrt hatte ,vor allem' ... nicht vor der Einsamkeit und nicht vor dem Geprügeltwerden. Im Gegenteil, sie prügelte selbst. Kleiderbügel waren dazu gerade recht. Eine Narbe an der Hand der Mutter ist geblieben. Kira hält die Blumen nun, als seien sie ein Schutzschild gegen Bilder, die nicht ihre eigenen sind, ein Schutzschild gegen eine nicht zu fassende Gewalt.

Mittlerweile ist sie ein ganzes Stück gelaufen: „Michelsberg, ja hier ist der Michelsberg", eine Passantin bestätigt ihr den Ort. Kira erinnert die Mutter wie sie den Kopf nach links und nach rechts streckt, ,sie gleicht einer Schnecke, die aus ihrem Haus herausgekrochen kommt' möchte sie jemanden erzählen, aber da ist niemand, um ihr zuzuhören, und Kira weiß nicht einmal, ob sie diese Erinnerung kennt oder sie sich ausgedacht hat.

Die Ziehmutter der Mutter hatte ein Lederwarengeschäft, mit den Gürteln, die sie verkaufte, habe sie auch geschlagen, hat Gundula ihr erzählt. Ihre Mutter sei mit einem Henkelmann losgeschickt worden, um Mittagsessen zu holen. ,Vermutlich in einer dieser Gaststätten hier', Kira schaut nach rechts. „Rundes Eck" heißt die Kneipe an der Kreuzung. Passanten hätten das blutige Mädchen zum Jugendamt gebracht. Danach wäre sie ins Internat gekommen. So ähnlich hat Gundula es Kira erzählt. Auch, dass die Mutter dann einen Vormund bekommen habe.

Viel mehr weiß Kira nicht. Sie stellt sich vor, wie es gewesen sein könnte. In ihrer Fantasie malt sie sich aus, wie die Mutter bei irgendeiner Betreuerin des Jugendamtes – ‚wie mag sie geheißen haben?' – Zuflucht gefunden hat. Vielleicht durfte sie bei der reden oder schlafen. Kira stellt sich ein abgewetztes grünbeiges Sofa vor, auf dem das Mädchen gelegen hat, sehr müde, erschöpft, verletzt ... Wie mag es weiter gegangen sein? Als sie dann einen Vormund bekommen hat, haben ihr dessen Ideen Angst gemacht? Der war jedenfalls stärker als die Leute, bei denen sie, die Kriegswaise, aufgewachsen ist und er hat durchgesetzt, dass sie weg von dort kam, weg von der Ziehmutter mit den Gürteln und weg von deren Mann mit Kleiderbügeln und anderen Grausamkeiten.

‚Weg von mir oder hin zu mir?' Kira mischt die Geschichte der Mutter mit ihrer eigenen. Sie stampft beim Laufen mit den Füßen auf, als könne sie dadurch mehr hören, besser verstehen. ‚Die haben sie dann wohl nehmen müssen in dem Internat, trotz ihrer schlechten Noten.' Es war ein Nonneninternat. Kiras Fantasie schweift weiter: ‚Auf, auf zu Gott', mag es da beim Wecken geheißen haben. Und vielleicht hat sie im Monat fünf Mark Taschengeld bekommen, oder drei oder sieben, um damit alles zu kaufen: Hefte, Stifte, persönlichen Bedarf ...

Kira seufzt tief, ein Seufzen aus einem Abgrund, der tiefer ist als die Mutter, vielleicht so tief wie das Meer.

Irgendwann später hat die Mutter ihren Vater kennengelernt. Den kennt Kira noch weniger als die Mutter. Die wurde dann schnell schwanger. Sie haben nicht lang zusammengelebt. Es muss alles sehr schwierig gewesen sein. Was war das, ‚alles'? Was genau war die Schwierigkeit? Kira fühlt nichts, in ihr ist Leere.

Sie versucht, sich noch mehr vorzustellen von dem, was war und findet keine Bilder. Sie läuft ziellos durch die Straßen.

Vor der Skulptur gegenüber des Landgerichts bleibt sie stehen. ‚Wilhelm von Oranien'. Sie liest, was auf der Plakette geschrieben steht: ‚Man nennt ihn den Schweiger. Er ist wegen seines evangelischen Glaubens gestorben.' ... Der Schweiger also ... Kira lächelt ihm zu, als habe sie einen Verschworenen in all ihrem Nichtwissen gefunden und legt ihm den schon etwas zerzausten Blumenstrauß zu Füßen.

Sie will jetzt einen Kaffee trinken. Vielleicht etwas essen: bemuttert zu werden, wäre jetzt gut. Sie kehrt bei ‚Matilda' ein, ein zünftiges Lokal am Rand der Innenstadt. Das Tagesgericht, Würstchen mit Kartoffelbrei, kommt ihr gelegen; sie isst die große Portion hastig auf.

Sie würde gern mit der Mutter zusammen essen, sich mit ihr zusammensetzen, sich Mütterliches einverleiben, sich mit Bildern nähren.

Sie trinkt einen Kaffee zum Abschluss, geht schweigend zum Bahnhof zurück.

Als sie wieder abfährt, winkt Kira aus dem Fenster, als ob die Mutter da am Gleis in Wiesbaden stünde. Im Zug kann sie die Tränen dann nicht mehr zurückhalten. Es ist, als mische sich die Verlassenheit der Mutter mit ihrer eigenen und als spüre sie das gerade zum ersten Mal.

Sie fährt nur bis Frankfurt, läuft vom Bahnhof direkt an die Mainpromenade; läuft und weint, bis sie erschöpft ist. Im Körper bleibt eine bleierne Müdigkeit zurück. Bevor sie die Straßenbahn zurück zu Gundula nimmt, lädt sie sich selbst auf ein Glas Wein in einer Bar um die Ecke ein.

„Rheinhessen ..., ein guter Tropfen", der Kellner schenkt ihr ein.

„Ja, der Wein hier ist gut!" Kira lächelt.

„Geht es dir auch so, dass du zu Weihnachten irgendwo zuhause sein willst?", fragte ich Kira. Ich wollte irgendwie an das letzte Gespräch anknüpfen. Es war Anfang November, und ich begegnete Kira in Berlin. Wir trafen uns beim Einkaufen in einem Berliner Supermarkt. Ihre Füße liefen merkwürdig langsam, irgendwie unkoordiniert, fiel mir auf, als wir mit dem Einkaufswagen an den aufgebauten Spekulatiustürmen, Stollen und Nikoläusen vorbeifuhren.

„Was ist schon Zuhause?" Kiras Antwort war wie immer lakonisch.

„Na eben vertraut."

Kira setzte ihren Gedankengang fort, „einmal habe ich kurz vor Weihnachten jemanden glücklich gemacht, weil ich die vertraute Sprache sprach, hessisch. Vielleicht ist das so was wie das Weihnachtskuscheln, von dem du unbedingt hören willst."

Ich spürte die Einsamkeit hinter Kiras Ironie und schwieg – auch ein bisschen beleidigt: Machte sie sich über mich lustig? Sie sah mich an und erzählte dann.

„Hat dein heimatliches Land"

Sie steht im Zentrum der Stadt, da, wo Menschen sich verabreden, stehen bleiben nach dem Einkauf, aufeinander warten, ausruhen oder schlicht stehen bleiben. Überlebenshoch steht die Weihnachtspyramide da. Nussknacker schauen nach West und Ost und Nord und Süd, sie schauen gefährlich. Gefährlich weihnachtlich.

Im Innern dieser Riesenpyramide verkaufen weihnachtsmannmützenbehütete junge Frauen Glühwein, roten und weißen, mit und ohne Schuss. Oder heißen Cidre, Feuerzangenbowle und Kakao, mit Sahne oder ohne. Auf den Tassen sind Sterne, Schneeflocken und Tannen aufgedruckt. Sie mitzunehmen, würde das Pfand kosten. Man kann die Tassen sammeln. Der Aufdruck wechselt von Jahr zu Jahr.

Die Menschen stehen gedrängt. Ein japanisches, junges Paar fotografiert sich vor der Pyramide, sie postieren sich in unterschiedlichen Varianten, Kira würde ihnen gern behilflich sein. Sie lässt es. ‚Merkwürdig, diese Selfies. Die gibt es noch nicht lange', sie schaut einem Kind zu. Es hält einen Luftballon mit Christkindmotiv sehr fest in der Hand.

Kira trinkt den Glühwein in großen Schlucken. Die Tasse ist klebrig passend zu der alkoholischen Süße, die ein bisschen in der Nase sticht. Kira mag das Brennen in der Kehle. Meist spürt sie es noch am Tag darauf.

Irgendwo müsste Suse stehen. Die hat ihr aus der Kinderabteilung einen Plüschelefanten mitgebracht. Den will Kira Enno schenken. Der ist acht Jahre alt. Sie wird in den nächsten Tagen bei der Pflegemutter zu Besuch sein, und Enno wohnt im gleichen Haus. Suse will mit der Nachbarin hier Glühwein trinken, ihr den Elefanten mitbringen. Noch ist sie nicht da.

Aus dem Innern der Pyramide tönt abwechselnd ‚Stille Nacht' und ‚Jingle Bells', ein Mann singt sehr laut mit, seine Frau lacht schrill. Ein junger Mann in einem geringelten Anorak küsst seine Freundin. Die hat die Augen geschlossen, denkt gar nichts oder an ihn oder etwas ganz anderes.

Kira spürt ihre Sehnsucht.

Dann sieht sie Suse und neben ihr eine ältere Frau im weinroten Steppmantel und einer Strickmütze. Sie winkt ihnen zu. Neben Suse in der großen Tüte wohl der Elefant. Kira muss lachen.

Suse hält bereits drei Gläser Glühwein bereit, „auf dich, deinen Elefanten ... und: Darf ich vorstellen? Das ist Adelheid, meine Nachbarin." Die Frau lacht.

Kira prostet ihr zu. Eigentlich könne sie keinen Wein mehr vertragen, sagt Adelheid. „Sie sind aber nicht von hier, oder?" Kira hat bereits nach diesem einen Satz den hessischen Akzent deutlich wahrgenommen, „Na ... isch bin von Frankfott. Isch bin jätz ärst umgezoche mit iwwer siebzisch Joar ...", Adelheid erzählt, dass sie in Oberrad gewohnt habe, dem ,Gemüsebeet Frankfurts', dass sie ihr Haus verkaufen musste, dass es in hier in der Stadt noch Verwandte gäbe, sie deshalb hergezogen sei und froh über die neue Nachbarschaft. Sie prostet Suse zu.

„Isch kann ach babbele", Kira outet sich, erklärt, dass sie auch aus Hessen komme, Oberrad kenne, ja selbst dort einmal gewohnt habe, damals als Studentin, Philosophie, ja, lange her ...

„Ei dess iss abber schee ...", Adelheid beginnt nun, die Straßen, Geschäfte, Gasthäuser aufzählen, die in die heimatliche Umgebung gehören. Kira nickt. „Kenn ich. Ja, das auch."

Adelheid ergänzt nun Kulinarisches, regionale Eigenheiten, „ei die Grie Soss und d Ebbelwoi die kennt me hier ja nett, der schmeckt heiß ja bässä als des Zeusch hier", sie deutet auf den Glühwein.

„Ja, ziemlich süß", Suse nickt, „aber ob euer hessisches Zeugs wirklich besser schmeckt, wag ich zu bezweifeln ..." Sie bestellt noch drei Becher Glühwein.

Adelheid erwähnt ihre Gebäckkünste, „du mussd emol zumm Kaffee bei misch komme ...", Suse nickt, „der beste Kuchen ever ..."

Kira schaut auf den Elefanten, „Benjamin Blümchen – tratara ...!!" Sie schwenkt die Tüte in der Luft, der Rüssel des Plüschtiers schaut hervor.

Das Kind mit dem Luftballon lacht. Die Küssenden unterbrechen das Küssen. Eine weihnachtsbemützte Bedienung winkt.

„Frohe Weihnachten dann!"

Adelheid, Suse und Kira verabschieden sich. „Ei dess war gud", murmelt Kira dem Elefanten zu. Sie wird ihm eine Tüte Schmalzkuchen kaufen.

Um Kira auf ihren Vater anzusprechen, hätte ich sehr viel Mut gebraucht. Ich wagte nicht zu fragen, kannte ich doch selbst die Scheu, von allzu Privatem zu sprechen. Als sie doch einmal von sich aus von ihm erzählte, war mir zuerst nicht klar, ob sie den Pflegevater oder ihren Erzeuger meinte. „Nein, mein wirklicher Vater ist doch nach Amerika abgehauen, Chicago. Von dem weiß ich viel zu wenig. Meine wirklichen Eltern waren nicht lang zusammen. Mein Pflegevater, Gundulas Ex, dagegen war eine Zeit lang ziemlich wichtig für mich. Spätestens als er mitkriegte, dass ich Mädchen mag, hatten wir uns nichts mehr zu sagen."

Wir saßen in einem Gartenlokal im Taunus, ‚Roulade mit Kartoffelklößen' stand auf der Speisekarte, ‚hausgemachte Kartoffelsuppe', Mohnkuchen vom Blech' sowie ‚Wurst mit Kraut und Meerrettich' und zudem ‚Gurken vom Fass'. Kira lachte, „so was mag ich!". Dann bestellte sie und erzählte, dass es Ähnliches früher öfter gegeben habe. Der Pflegevater sei irgendwoher aus einem kleinen Ort in Polen. „Schlesien haben sie immer gesagt, und ich habe mich gewundert, wo das sein soll. "An Weihnachten hätte es immer schlesische Bratwurst gegeben, „von einem ganz bestimmten polnischen Metzger in Frankfurt musste die sein." Diese Wurst sei auch auf der Feier des Pflegevaters, zu der er sie eingeladen hatte, serviert worden:

„Sagt Eurer Tochter"

Er hat an einem Freitag eingeladen.

Seit mehreren Jahren wohnt er in dem neugebauten Haus mit der neuen Frau in diesem Dorf. Die neue Frau kommt aus dem Dorf, sie kennt die Menschen dort, hat sich eine kleine Fußpflegepraxis eingerichtet und geht regelmäßig zur Damengymnastik.

Kira gehört zum alten Leben des Vaters, des Pflegevaters. Die Zeit, als Kira zusammen mit ihm und Gundula in Frankfurt polnische Wurst gegessen, von ihm Fahrradfahren und Schwimmen gelernt hat, liegt lang zurück.

Sie hat längst ein neues Leben. Ein Leben, in dem er, ihr Pflegevater keine aktuelle Rolle spielt. Er ist ihr so fremd geworden wie sie ihm.

Es ist der Freitag nach einem Tag, an dem ein Wirbelsturm weite Teile des Landes verwüstet hat, der Schienenverkehr ist zusammengebrochen, abgerissene Äste, ja, ganze Bäume blockieren die Straßen – noch sind die Aufräumarbeiten nicht beendet.

Die Anfahrt zum Dorf dauert lang. Als sie im Stau stehen, stellt sie die Musik lauter. Neben ihr schläft Silvi. Kira hat sie gebeten, mitzukommen. Die kennt ihren Vater nicht, hat ihn noch nie gesehen. Das beruhigt sie irgendwie und auch, dass es ihr gelingt, den Vater nicht mit ihrem Liebesleben zu verschonen.

Als sie ankommen, sind die meisten Gäste schon mit dem Hauptgang fertig. Auf den Tellern schwimmen Reste von Fleisch und Würsten, Kartoffeln, Klößen, Kraut in brauner Soße. In einem Nebenraum mit Bühne sind lange Tischreihen aufgebaut, mit weißgestärkten Decken feierlich verkleidet. Es riecht nach Frittiertem, nach Fleisch, Rotkohl, Kerzenwachs und Schweiß.

Auf der Bühne spielen Kinder Fangen.

Der Vater steht etwas abseits, in der Ecke des Raums. Jemand überreicht ihm ein Päckchen, gratuliert, redet ihm zu.

Der Kopf des Vaters färbt sich rot, als er Kira sieht. Schamrot? Bluthochdruckrot? Verlegenheitsrot? Kira kennt den Vater nicht wirklich. Er quetscht die nächsten Worte kehlig-heiser aus dem Hals: „Schee, dass ihr da seid."

Sein Hessisch ist ein Hessisch, das er gelernt hat. Er ist kein Hesse.

Er ist ein Vertriebener, so hat sie es gelernt. Sie wusste lang nicht, was ein Vertriebener ist. Ein Heimatvertriebener. ‚Wer hat da wen vertrieben?‘, hat sie sich gefragt und gefühlt, dass es sich nicht gehört, das zu fragen.

‚Vergiss nie den Ort, wo deine Wiege stand, du findest in der Ferne kein zweites Heimatland‘, stand unter dem Bild mit einem Turm darauf. Das Bild hing im Flur der Pflegeeltern. Dort sei die Heimat gewesen. ‚Eine Turmheimat‘, so hat sie das als Kind genannt und überlegt, ob sie darin gewohnt haben, der Vater und die Oma und der Opa. Der Vater hat traurig ausgesehen, wenn sie dieses Bild betrachtet haben. Kira hat nicht gewagt zu fragen.

‚Was ist Heimat?‘, Kira hört dem Vater zu. Er hält eine Rede.

Es geht um seine Schulzeit. Um den Ort, in dem er geboren wurde. Heute liegt der in Polen. Direkt an der Grenze. Er spricht davon, wie ihn die „Sieg Heil" Rufe, ohne dass er sie verstand, angezogen hätten. Stärke und Entschiedenheit sei davon ausgegangen. Dass sie das so gebrüllt hätten, habe ihn schon als Kind gestört. Er spricht von Aufmärschen und dem Geschrei und davon, wie er zum Salutieren erzogen wurde. Es klingt nach Entschuldigung, findet Kira. Sie sucht Silvis Nähe.

Er spricht von seiner Mutter. Kira erinnert sich dunkel an die Oma, die nicht ihre Oma war. Das Reihenhäuschen in der kleinen Straße. Dorthin sei sie gezogen, Jahre nach der Vertreibung. Kira hätte es gern genauer verstanden: Was ist da passiert? Wie musste man sich das vorstellen? Was genau hatte er erlebt?

Kira schaut zur Bühne. Der Vater ist gerade fertig mit seiner Rede. Der Schluss ist in ihren Tagträumereien untergegangen, an ihr vorbeigegangen.

Der Bürgermeister, der auch Chorleiter des Männergesangsvereins ist, spricht – ein Endfünfziger mit gewölbtem Bauch und uniformiertem Anzug, Oberlippenbart und Halbglatze. Er würdigt den Vater.

Sie sieht auf die Bühne. Sie sieht dort einen Film. Sie hat keine Rolle in diesem Film.

Der Gesangsverein stellt sich auf.

Sie beginnen zu singen: von Heimat und von Frauen und vom Wein. Das zweite Lied ist so ähnlich. Das dritte auch.

Der Gesangsvereinsälteste übergibt eine Flasche Wein. Der Vater bedankt sich. Auch dafür, dass man ihn aufgenommen habe. Er meint das Dorf.

Eigentlich wäre er, der Vater, ja ein Fremder, sagt der vom Verein. Ein Zugezogener. Er sagt noch mehr, sie hört nicht mehr zu.

Kira sitzt neben Silvi, mit der sie gerade zusammenlebt. Sie leben in einer WG. Sie habe keine Kinder. Oder doch? Ein entfernter Verwandter des Vaters fragt sie das. Kira bemüht sich, nicht an Fiona zu denken. Kira schaut sich um ..."Blut ist dicker als Wasser", sagt jemand.

‚Wer ist die Frau neben mir?' ‚Wer ist der Vater?' ‚Wer ist vertraut?' ‚Wer ist fremd?'. Sie schenkt sich ein Glas Wein ein, lehnt sich an Silvi, halb an die Schulter neben ihr, halb an die Stuhllehne. Sie sehnt sich nach Halt.

Ihr Sohn lebe in Nijmegen, „so weit weg", die Cousine des Vaters seufzt, als sie ihr das erzählt. Zusammenbleiben ist besser als Auseinandergehen, heißt dieser Seufzer. Er klebt.

Kira gehört zu denen, die gehen.

Eine andere Verwandte sagt, sie hätten sich ja lang nicht gesehen. Kira nickt und überlegt, an was sie sich erinnert, und ob es ein Unterschied wäre, wenn sie sich gesehen hätten.

Zum Nachtisch gibt es Fürst-Pückler-Eis mit Kirschen und Schlagsahne.

Sie bevorzugt ein weiteres Glas Wein. Der betäubt die Sehnsucht und die Trauer und das Reißen an der Seele.

Der Vater hat in seiner Rede über sie gesprochen. Dass sie auf ihre Art und Weise studiere und schon viel gereist sei. Kira hat sich gewundert, dass er über sie spricht. Mit ihr hat er selten gesprochen. Es sind umständliche Worte. Sie lächelt. Sie hätte Worte benötigt, Jahre früher.

Silvi und Kira schlafen im Gasthof „Zur Aussicht", im nächsten Dorf. Die Wände sind getäfelt und mit Lebensweisheiten auf getöpferten Schildern dekoriert. Die Luft im Zimmer drückt Wärme in die gestärkte Bettwäsche. Sie schläft wenig und traumlos.

Auf dem Weg nach Hause dämmert Silvi neben ihr vor sich hin. Kira sitzt am Steuer und weint.

Sie stellt die Musik laut. Japanische Popmusik. Mangamusik. Ihre Musik hat andere Töne als die des Vaters.

Ich hatte begriffen, dass Kira sehr oft Orte gewechselt hat. „Bäumchen wechsel dich" nannte ich sie insgeheim und fragte sie nach ihren Erfahrungen mit den ganzen Umzügen. „Ja, anstrengend", war die einsilbige Antwort, und sie warf noch ein: „Einmal dachte ich, mir ein Umzugsunternehmen mieten zu können. Es war zu teuer."

Dann nahm ich mir ein Herz und erzählte ihr, dass ich umziehen würde, dass das Zeit brauche und Kraft koste, „du meinst, wir werden uns erst einmal nicht mehr treffen?", Kira redete nicht derart um den heißen Brei herum, wie ich es tat.

Ich nickte und fühlte nichts, nur Starre.

Das „ich werde mich bei dir melden" klang hohl.

„Ich verstehe", sagte Kira und tat unbeteiligt. Hatte sie wirklich verstanden, was mich bewegte?

Sie kehrte zum Thema Umzugserfahrung zurück und erzählte, als habe sie meine Ankündigung nicht gehört, eine unverfängliche Geschichte.

„Oh lasst uns fliehen"

Es klingelt und Kira weiß, dass es Frau Lunakova ist, die Umzugsunternehmerin, die ihre Sachen anschauen will, um ihr ein Angebot zu machen.

Iryna Lunakova, steht auf der Visitenkarte des Unternehmens, sie trägt schwarze Leggings und über der üppigen Taille ein großgeblümtes, knielanges Shirt mit schwarzem Lackgürtel, die Fingernägel sind sternchenverziert, das Haar voluminös drapiert. Der roséfarbene Lippenstiftmund lächelt breit. Sie habe schon viel gesehen, an der Wohnung erkenne man den Besitzer, sie schaut sich um: „wie viele Zimmer?"

„Ah drei, das ist nicht viel. Kommen die Schränke mit?" Sie fährt fort, professionell Fragen zu stellen, die Kira schülerinnengleich beantwortet, „ja etwa 25 Bücherkisten, aber es ist noch ein Regal im Keller."

„Keller? Darf ich schauen – Keller und Keller, das ist nicht das Gleiche." Auf der Treppe dorthin erzählt Iryna von ihren Enkeln. Wie alt Kira sie schätze, will sie wissen. Kira tippt auf 56, „geben sie 14 Jahre drauf, junge Frau. Ich habe schon viel gesehen im Leben."

Aus Weißrussland stamme sie und den Mann ihres Lebens habe sie geheiratet, der sei aber vor zwei Jahren verstorben. Nun hielte man sie für die Frau ihres Sohnes. Ja, ein Kompliment für beide sei das.

Sie mustert den Kellerraum, „Entrümpelungen machen wir auch", erwähnt sie beiläufig und zückt dann ihr Smartphone, um Kira Fotos zu zeigen: Torten, Lachsarrangements, Früchtespieße, Fleischteller ... sind da zu sehen, „das mache ich außerdem!" sagt sie stolz.

„Kochen?"

„Ja, kochen ... aber vor allem dekorieren. Also wenn du mal ein Fest hast, heiraten oder so ... ich kann das" Sie hält Kira das Mobiltelefon noch einmal unter die Nase.

Dann notiert sie ein paar Dinge auf ihren Notizblock.

„Na gut, ich schicke ein Angebot!"

Es kommt fünf Tage später mit der Post.

Kira schaut zuerst auf den Kostenvoranschlag, zerreißt das Papier und wirft es in den Müll.

Sie beginnt, ein Regal abzubauen, einige Bücher zu verpacken, Gläser in Zeitung zu wickeln.

‚Buffets arrangieren' ... cooler Job, denkt sie und dass sie es ebenso cool fände, wenn Wohnungen nur noch möbliert weitervermietet würden.

Drei Jahre später

Ich kaute gerade mein Brötchen, ein Rest Eigelb klebte mir im Mundwinkel, die Zeitung lag zerfleddert vor mir auf dem Tisch. Ich mochte es, so zu sitzen, ziellos, mit Zeit, noch ungewaschen, ohne Plan für den Tag. Es war einer der Momente, in denen ich an Kira dachte.

Ich hatte es nach meinem Umzug unterlassen, ihr weiter zu folgen:

Ich hatte viel zu tun.

Ich hatte mehr als genug Material für ein Porträt über sie.

Ich hatte Angst.

Ich hatte Sehnsucht.

Ich blätterte in der Zeitung. Eine Beilage über das Reisen sprang mir ins Auge und verdichtete Kiras Präsenz in mir: „Was ist mit deinen Orten? Wo gefiel es dir bislang am besten? Wo hast du dich am wohlsten gefühlt?" schien sie zu fragen. Oder fragte ich mich das selbst?

Die Fragen nahm ich mit in den Tag.

‚Wo war ich je zuhause gewesen? Welche Orte, Landschaften haben mich glücklich gemacht?' Ich sinnierte: ‚nie der Norden. Weder die Weite und Erhabenheit Nordnorwegens, noch die Wälder Finnlands, noch Ostfriesland oder eine der Nordseeinseln. Weit und klar, zu weit, zu klar und mir nichtssagend. Lehr.

Auch nicht der dunkle Schwarzwald, wo ich damals auf bessere Tage gewartet hatte ... Eher schon die hellen Mischwälder des Spessarts, die kantige Rhön und ihre Höhenzüge.'

Mehr als alles aber ließ Wärme meine Seele aufatmen: Sonne auf salziger Haut, Meer, Zedern, Zypressen, Olivenhaine, Hibiskusblüten in starkem Rot oder Gelb ... Kalabrien, Andalusien, die Provence, Israel ... in immer anderen Facetten hatte ich das kennengelernt. Dazu sinnliche Märkte, schlichte Steinhäuser, Menschen in kleinen Cafés, einsame Buchten, Felsen, Berge im Hintergrund. Der Geruch feuchter Erde im Feld hinter dem Haus meiner Kindheit.

‚Das Land, wo Milch und Honig fließt', – ich erinnerte mich an Nächte unter Dattelpalmen draußen, unweit des Kinnereth, des Sees von Genezareth, in Israel.

Orte, die das Spüren erlaubten!

Es gab sie auch zuhause in Deutschland, die Lieblingsorte: Seen, Wälder voller Pilzgeruch, Feldwege, Berge, meinen Schreibtisch oder die Terrasse der Freundin, das Kino oder das immer gleiche Restaurant in der Stadt, die Stühle draußen im Sommer, die Treppenstufen an der Spree ... Momente.

Dann sah ich uns irgendwo barfuß draußen. Kira und mich. Es roch gut. Wir schmeckten die Haut und die Luft und das Meer. Wir fuhren in die Stadt und atmeten sie ein. Wir reisten und kamen zurück. Ich sah, dass sie da war, irgendetwas machte und ich schrieb und spürte und wir frühstückten draußen: Brötchen und Ei und heißen Kaffee ... Sie fehlte mir.

Ich fühlte bis in meine Eingeweide, wie sehr ich Kira vermisste und empfand ihre Nähe gleichzeitig so, als säße sie neben mir.

Es waren gut drei Jahre vergangen, seit wir uns das letzte Mal gesehen hatten. So wie damals der Drang, unsere Begegnungen zu unterbrechen da war, spürte ich nun die Unbedingtheit, sie wiedersehen zu wollen.

Vierzehn Tage später erhielt ich eine E-Mail: Kira feierte Geburtstag und lud mich ein. Sie wohne jetzt mit ein paar Frauen in einem Haus an der Ostsee, erläuterte sie. Nichts weiter.

Ich sagte sofort zu.

„Was sie besaß, sie gab es hin"

Sie tanzte und tanzte, und man merkte nicht mehr, dass ihr Körper machte, was er wollte. Es war wieder Kira, wie ich sie kannte. Ausdrucksstark, ein bisschen flüchtig und voller Energie ...

Ich hatte sie viel zu lang nicht mehr gesehen und konnte mein Erschrecken vor ihr nicht verbergen. Sie hatte mich zu einem Fest eingeladen. Sie lebte jetzt mit einigen Freundinnen in einem Haus am Meer; zusammen feierten sie alles, was sie schon immer feiern wollten: Kiras 45. Geburtstag, Carolas bestandenes Examen, Zoes überstandenen Klinikaufenthalt, eine neue Anstellung Stefanies, auch den Kauf des Hauses am Meer und die mittlerweile dreijährige Verbundenheit dieser fünf Frauen Marike, Carola, Zoe, Kira und Stefanie.

Es waren bereits viele Menschen dort, als ich eintraf. Das Haus war nicht leicht zu finden gewesen. Dünenweg 85a, erst beim dritten Anlauf hatte ich es entdeckt: ein blaues Holzhaus, schwedischer Stil, geräumig und hell, dahinter ein großer Garten. Ich sah zuerst die Äste der Weide, wie sie im Wind wogten.

Das Meer war nah, was die Luft leicht salzig schmecken ließ und das Auf und Ab der Gezeiten die Hintergrundmusik zu allem war.

Ich hatte Kira einen Strauß aus lilanen Calla, ein paar orangefarbenen Gerbera, blutroten Löwenmäulchen und Gräsern binden lassen: Das passte zu ihr, zu der Kira wie ich sie erinnerte: Mystik, Feuer, Überraschung. „Dem Vergnügen überlasse ich mich und bin gewohnt, mit dieser Arznei Übel zu lindern" – das war sie doch, Kira, Kira-Traviata.

Endlich entdeckte ich sie. Sie stand auf der Wiese im Garten, die Haare klebten dünn und kurz an ihrem Kopf, schwarz wie auch das kurze Kleid an ihrem mager gewordenen, knochigen Körper. Der zuckte; die Beine schienen allein wegzutreten, die Arme umschlangen den Rumpf, der Kopf machte ruckartige Bewegungen von vorn nach hinten. „Oh Kira…", ich nahm sie in den Arm. Sie hatte Mühe zu sprechen: „Hi ... Willkom ... kom ... men! Parkinson..ei ... ei..eeigentlch nichts in meinem Alter..a..aber irgendwie war schon i..i..immer alles anders b..b..bei mir ... !"

Wir hatten uns lang nicht gesehen und ich hatte mit Veränderung gerechnet, aber nicht damit, dass Kira so krank war. Nun fiel es mir wie Schuppen von den Augen: Ich dachte an Kiras Absagen, ihre merkwürdige Art zu gehen, die zuweilen seltsamen Bewegungen.

„Wisst ihr nicht, dass mein Leben von einer unheilvollen Krankheit geschlagen ist?" In der Traviata hatten wir das gehört, und Kira hatte es einmal zitiert. Das ließ mich erschaudern.

Parkinson ... ich wusste rudimentär etwas über diese Krankheit, alte Menschen, deren Hirn sich verändert, die nicht mehr können, wie sie wollen.

Kira konnte die Blumen nicht halten, Carola kam mit einer Vase und nahm ihr den Strauß ab. Ich hakte Kira unter und ging mit ihr zur Seite.

Mühevoll, stotternd und begleitet von diesen zuckenden Bewegungen im ganzen Körper erzählte sie ein paar Fetzen, denen ich entnahm, dass sie in den letzten Jahren häufig in Krankenhäusern gewesen war, viele Medikamente einnahm und dass es ihr viel zu schnell ging mit all den Veränderungen ihrer selbst.

Zoe hatte das Mikrofon ergriffen und hielt eine Rede. Zuerst gratulierte sie Kira und sprach von deren besonderer Kraft. Alle applaudierten. Zoe sprach noch vom Glück, in dieses Haus gezogen zu sein. Dass sie sich alle kennen würden von den Sommern an der See, dem einschlägigen Strand, wo sich die trafen, die anders liebten. Von den Juliabenden dort, vom Glück in einer Zeit zu leben, in der es solche Strände gab, von den Kochabenden, die sie zusammen veranstalteten, der Liebe, die zwischen ihnen gewachsen sei und von den historischen Müttern, denen sie diese Freiheit verdankten. Man müsse sich in Acht nehmen, dass es nicht bald anders käme, die Zeiten könnten sich wieder ändern, hier in ihrem Ostseeort gäbe es auch die, die deutlich zeigten, dass sie ihrem Zusammenleben misstrauten. Jetzt gälte es zu feiern. Das Leben, die Freundschaft, die Liebe. Kira zuckte. Kira weinte. Ich erstarrte und weinte auch.

Hähnchenschenkel, Salate, Gemüse, Kartoffelecken, Schokoladenkuchen, Wein und Bier wurden gereicht. Eine sehr dünne, große Frau sang, „La Mer" und „Für mich soll's rote Rosen regnen" und andere

Lieder, von denen ich nur einige kannte. Ihre Stimme erfüllte den Garten und ließ meine Tränen schneller laufen. Später legte Stefanie Musik auf und einige begannen zu tanzen. Es bewegten sich rasch mehr Frauen und ein paar Männer auf die Tanzfläche. Kira zog mich mit ihrem zuckenden Arm hinter sich her, wir tanzten lang. Die unwillkürlichen Bewegungen ließen sich im Rhythmus der Musik nicht mehr von den willkürlichen unterscheiden, sie mischten sich; die Krankheit war wie unsichtbar, der Körper schien ausgelassen, wild, ekstatisch. Wir tanzten lang. Der Mond schien und hüllte uns ein.

Kira sagte irgendwann, dies sei ihr letztes großes Fest. Sie sagte es beiläufig, ich sah irgendwo in der Nachbarschaft ein Fenster. Und dann erinnerte mich plötzlich daran, dass ich einmal mit ihr wandern war. Ich vergegenwärtigte mir Kiras schnellen Schritt und musste lachen, als ich daran dachte, dass sie auch zum Wandern eines ihrer großblumigen Kleider getragen hatte, einen abgewetzten Rucksack auf dem Rücken, darin neustes Kartenmaterial, und Wanderschuhe mit pinken Schnürsenkeln, denen man ansah, dass sie schon die ein oder andere Tour gelaufen waren. Unterwegs war unser Gespräch auf die Themen Krankheit und Tod hingesteuert. Zufällig?

Oder hatte sie damals sehr bewusst über das Sterben sprechen wollen?

Ich hatte ihr auf dieser Wanderung eine einzige Geschichte aus meinem Leben erzählt, weil mir meine Zeit im Hochland Perus eingefallen war, eine Reise, die ich nach dem Tod meiner Lieblingstante gebucht hatte. Tägliche Krankenhausbesuche, der Kampf gegen etwas, das stärker war, dieses Abnehmen der Kräfte. Finalstadium hat der Arzt es zuletzt genannt, um sie auf ihren Tod vorzubereiten. Sie hatte sich selbst bereits vorbereitet. Auf ihrer Beerdigung hatte einer „Gracias a la Vida" gesungen; da entschied ich, die Reise nach Lateinamerika zu buchen. Das Land der Inkas, Peru sollte es sein, das war mir in diesem Moment klar, so wie einem manchmal Dinge klar sind, von denen man nie gewusst hat, dass man sie klar hat.

Und während ich am Rand der Tanzfläche stand, ließ ich die wandernde Kira in meinem Kopf Revue passieren, gleichzeitig sah ich der zuckend tanzenden, stotternden Kira dabei zu, wie sie Menschen berührte, umarmte – als wolle sie sie alle bei sich halten. In diesem Moment wusste ich ganz sicher: Ein Teil ihrer zweifelnden Seele würde irgendwann eintauchen, in irgendetwas, würde ein- und ausatmen, Erde spüren. Mutter Erde. Pachamama. Das wusste ich und summte unvermittelt das „Addio del Passato" aus der Traviata. Ich mischte es mit den Bildern aus dem Altiplano, Cusco und Machu Picchu – Orte so hoch oben, dass Erde und Himmel sich berühren können, Tod und Leben einander näher sind.

Violetta – Kira – die Traviata: die sehnsüchtig nach Liebe Hungernde. Schon die Ouvertüre enthielte alles, hatte Kira zu Beginn unserer Begegnungen gesagt. Es war so.

Mutig sei sie, äußerten manche der Eingeladenen, mit Blick auf die zuckend tanzende Kira.

‚Entmutigt auch, vielleicht …', dachte ich und auch an all unsere Begegnungen, die stattgefundenen und die nicht stattgefundenen. Ich beschloss, ihr ab sofort keine Fragen mehr zu stellen, als würde sie anstelle der Violetta in der Traviata sagen: "Wisst ihr nicht, dass mein Leben von einer unheilvollen Krankheit geschlagen ist?"

Alexandra stand etwas abseits, so, als würde sie über irgendetwas intensiv nachdenken. Ich hatte den Impuls, zu ihr zu gehen, mich für sie zu interessieren. Ich lächelte sie an, tauschte ein paar Gedanken mit ihr aus und überließ sie dann wieder sich selbst. Ich war wegen Kira da. Das war alles.

Den Rest des Abends tanzten, redeten, tranken wir. Ich verließ das Fest nicht, sondern blieb, als alle gegangen waren, die ganze Nacht im Garten sitzen, gedankenschwer, überwach und Kira sehr nah.

Die hatte sich zurückgezogen. Ohne Schlaf ginge gar nichts, hatte sie gestottert und mir übers Haar gestrichen.

Ich ahnte, dass sie nicht wieder aufbrechen würde: „Wusstet ihr nicht, dass ich schon mein Ende nahen sehe", immer wieder fiel mir die Traviata ein. Hatte sie das schon gedacht, als wir uns nach der Aufführung kennenlernten? Habe ich ihr die Geschichte damals auf der Wanderung erzählt, weil etwas in der Luft lag, das schwerer war als alles? Weil ich ihr sagen wollte, dass ich es aushalten würde? Und dann hatte ich die Intensität unserer Treffen nicht mehr ausgehalten und schob den Umzug vor, damit ich mich zurückziehen konnte.

Ich suchte nach Papier und Stift und schrieb die Perugeschichte auf, wie ich meinte, sie Kira damals erzählt zu haben:

Pachamama

„Peru ist ein Land, in dem der Tod wohnt", hat mein Spanischlehrer gesagt, selbst Lateinamerikaner.

Es ist meine weiteste Reise bislang. Der Landung auf dem Flughafen in Lima folgt das Ausgespucktwerden in fremdes Terrain, eine wuchernde Stadt, eingehüllt in Smog, der den Geruch von Müll, Wärme, Plastik und Fisch trägt. Der Körper ist angekommen. Die Seele würde nachkommen, später.

In der Abfertigungshalle drängeln Menschen, ich drücke den Rucksack eng an meinen Körper, Taschendiebe seien überall, habe ich im Reiseführer gelesen. Ich schaue mich um. Schicke Businessmenschen, neben eher bäuerlich anmutenden Zeitgenossen, Frauen mit mehreren Röcken über kräftigen Körpern sitzen am Ausgang und verkaufen Obst: Apfelsinen, Papayas und eine Frucht, die ich noch nicht kenne. ,Cheremuya'. Der Mann am Durchgang zum Zoll möchte Geld,

„zehn Dollar", sagt er, ich glaube das nicht, weiß aber nicht, wie ich das an diesem Ort deutlich machen soll; ich zücke mein Portemonnaie. Der Mann grinst. Auch die Zollbeamten möchten Geld, sie zeigen auf ein Papier. Es trägt mehrere Stempel, vielleicht ein Dokument.

Der Bus ist eingefahren, der Fahrer steigt aus, schließt das Fahrzeug ab, geht über den Platz irgendwohin. Die Menschen warten, also bleibe ich dort; auch hier Frauen, die auf Tüchern Dinge anbieten, ich kaufe zwei Orangen, halte einen Schein hin, die Frau gibt Münzen zurück. Die fremde Währung ist mir unvertraut, ich lasse es mir nicht anmerken, lächele, ‚Gracias'.

Bilder von Schläuchen, Plastikflaschen, Spritzen und meiner entkräfteten Tante reihen sich in meinem Kopf aneinander, während ich mich anstelle für den Bus Richtung Süden. Es ist unklar, wann er abfährt. „Es ist immer unklar, wann man abfährt, wann man den Löffel abgeben muss, nirgendwo mehr hinfährt", ich denke erneut an sie.

Ich habe das Bedürfnis, über sie zu reden. Es ist niemand da, mit dem ich reden könnte, die Menschen sind mir fremd, ich spreche zu wenig spanisch, um wirklich reden zu können, manche scheinen gar nicht spanisch zu sprechen, sondern Quechua, die Sprache der Indios im Hochland. Dort will ich hin.

„Gracias Señor", ich lächele, als ein Mann mich darauf hinweist, dass mir ein Zettel hinuntergefallen ist. Worte stehen darauf, Wörter, die ich aufgeschrieben habe, weil sie möglicherweise Orientierung geben. Weg – camino, Straße – calle, weit – lechos, bitte – por favor. Und so weiter. Ohne Worte ist es schwer, die Orientierung zu behalten.

Als meine Tante starb, hatte ich keine Worte. Stumm habe ich Erde in das Loch mit dem Sarg geworfen. Sie mochte keine Blumen, deshalb habe ich darauf verzichtet. Ich hätte ihr gerne ein Rosinenbrot mit Erdnussbutter mitgegeben, weil sie das so geliebt hat, bevor sie so etwas nicht mehr essen durfte. Ich habe ihr kein Brot mit auf die Reise gegeben, wegen der anderen vielleicht oder auch, weil ich nicht wusste, ob sie da unten in dem Loch mit einem Erdnussbutterbrot überhaupt etwas anfangen könnte.

In Peru bringt man den Verstorbenen Essen. So gehören sie dazu.

Der Busfahrer überquert den Platz, er kommt wieder. Cusco, sage ich oder Arequipa, Puno – ,igual', Igual – egal, steht auch auf meiner Liste. „Lechos", weit, sagt der Fahrer, über dessen Kopf eine Marienfigur und ein gekreuzigter Jesus hängen.

Ich nicke. Ich zahle irgendeinen Preis und setze mich weit hinten ans Fenster. Es hat einen Sprung. Ein Mann setzt sich neben mich.

„Puno esta muy lechos de aqui!" Ich wusste, dass Puno weit entfernt war, „si." Trotz des Sprachkurses fühle ich mich sprachlich unsicher, ich will ihm sagen, dass es mir gerade recht kommt, lang herumzufahren, dass ich den Tod im Gepäck habe und abschütteln wolle, ich kann das alles nicht sagen und nicke deshalb, „si, Señor."

Er redet weiter, ich verstehe wenig, er redet von seinem Leben, fünf Kinder, eines sei gestorben, die Menschen seien arm, er klopft mir auf die Schulter. „Alemania lechos", ich weiß nicht, ob das eine Frage oder eine Feststellung ist und nicke.

Der Bus fährt los, er ist schlecht gefedert, der Fahrer fährt schnell, bekreuzigt sich, sobald wir an einer Kirche oder Kapelle vorbeifahren, auch dort, wo am Straßenrand Kreuze und Blumen darauf hindeuten, dass jemand umgekommen ist, wie auch immer.

Die Jungfrau Maria und das Kreuz mit dem theatralisch dreinblickenden Jesus schaukeln gefährlich, als der Bus nach einigen Stunden weg von der Küstenstraße hinauf in eine abgelegene Gegend fährt. Ich bin eingeschlafen. Der Mann neben mir stößt mich an, „Señorita levantase", Toilettenpause? Zeit, etwas zu essen? Es wäre gut, etwas zu sich zu nehmen. Aber der Grund des Stopps ist ein anderer: Soldaten mit ernsten Gesichtern und Gewehren in der Hand umkreisen das Fahrzeug. Der Fahrer spricht schnell, die Leute steigen aus, tun merkwürdig unbeteiligt. Ich weiß das Geschehen nicht zu deuten, orientiere mich an meinem Nachbarn, der holt ein Plastiksäckchen aus seiner Tasche. Kleine, schwarze, faulig aussehende getrocknete Kartoffeln holt er heraus: „Chuños", er grinst, hält mir drei davon hin. Ich stecke eine in den Mund, mehlig und leicht salzig schmeckt sie, ‚besser als sie aussieht', denke ich und lächele.

Eine Frau schaut zu mir, nickt bekräftigend, auch sie hält mir eine Tüte hin. „Coca, Señora, pruebase." Coca- und Nelkenblätter ähneln sich, denke ich und frage mich, wozu die Frau die Blätter wohl an ihre Schläfen klebt. Als ob sie meine Gedanken verstünde, antwortet sie, „dolor de cabeza" – Kopfschmerzen, auch dieses Wort steht auf meinem Zettel, wegen der Migräne, die mich manchmal überfällt. „Dolor de cabeza" ist harmlos dagegen. „Aha, dafür also an den Kopf."

Ich beobachte andere Frauen, wie sie Kokablätter tauschen, in den Mund stecken, kauen, wieder ausspucken.

"Té de coca esta muy rico", erklärt eine andere, ich nicke, obwohl ich ihre Meinung nicht teile und den Coca-Tee nicht köstlich, sondern widerlich finde.

Niemand scheint wirklich beunruhigt wegen der Soldaten, die noch immer mit dem Fahrer reden, den Bus in Augenschein nehmen. Einer kommt auf mich zu: „pasaporte por favor." Ich suche in meiner Tasche.

„Alemana?" der Soldat schaut mich an, „una gringita" erklärt er seinem Kollegen.

„Que quieres aqui?" Er will eine Erklärung, warum ich hier bin. Ich verstehe, fühle mich aber außerstande, ernsthaft zu antworten, sagen darum: „Puno, Arequipa, Cusco." Die drei Städte liegen so weit voneinander entfernt, dass mir die Antwort selbst unglaubwürdig vorkommt. Ich bemühe mich um ein unverfängliches Lächeln.

„Ven aqui", sie befehlen mir, an die Seite zu gehen, schauen in meine Tasche, reden Dinge, die ich nicht verstehe. Einer telefoniert. „20 Dolares!" Über diese Ansage kann man nicht diskutieren. Ich muss die Bluse öffnen, Dollarnoten habe ich in der Bauchtasche deponiert, für alle Fälle. Ich finde einen 50-Dollarschein, reiche ihn den Männern. Und bekomme nichts zurück. Er winkt mit dem Gewehr.

Alle steigen wieder ein. Die Fahrt geht weiter, als sei nichts gewesen. Der Mann neben mir schläft nun.

Im Bus sitzen einfach gekleidete Menschen. Sie essen Choclos, gekochte Maiskolben, und mitgebrachte Chuños, unterhalten sich laut. Die mitgebrachten Plastiktaschen enthalten Dinge, die man in der Stadt kaufen kann: Lebensmittel, Haushaltswaren, Kleidung, Alkohol, Zigaretten.

Schafe, Weite, Himmel, Erde, ‚Pachamama' – ich lehne mich zurück und schließe die Augen.

Mit diesem Bus will ich ins Hochland Perus reisen, nach Puno vielleicht, Juliaca eventuell. Cusco auf jeden Fall.

23 Jahre bin ich alt, eine Studentin der Journalistik und Religionsgeschichte, die sich dem Reich der Inkas nähern will, so spule ich es ab, wenn ich gefragt werde. Von der Tante spreche ich nicht und nicht davon, dass all das um mich herum mich auf eigentümliche Weise tröstet.

Ich will bis hoch hinauf in die andinen Dörfer, „Manatikunchu quetchuamanta" – „manatukinchi quetchuamanta – ich spreche kein Quetchua", lerne ich und „nokatusiki", um zu sagen, wie ich heiße. Viel mehr würde ich nicht brauchen, da, wo Mutter Erde dem Himmel begegnet und wo Lebende und Tote zusammen Feste feiern.

In mir ist Schweigen, als ich dort ankomme. Es verwandelt sich in ein Staunen.

Für eine Weile verstehe ich es in dieser Weite, unter dem Himmel die Erde zu lieben.

Ich verabschiedete mich am nächsten Morgen gegen elf. In Kiras Zimmer roch es nach Himbeerbonbons und Lakritz. Sie hob die Hand leicht an und der kleine Finger zuckte. Es war, als schriebe sie eine neue Geschichte in die Luft, die ich mit hinausnehmen könnte. Oder als zitierte sie erneut aus der Traviata: „Nimm das Bild aus vergangenen Tagen als Geschenk."

Sie hatte mir mit all den Geschichten bereits das Bild, eine Collage, geschenkt, die mehr war als das, was ich aufschreiben kann.

Ich winkte zurück.

Die Perugeschichte legte ich ihr auf den Tisch.

‚Für Kira, von Frederike' hatte ich darauf geschrieben.

„So hold, so reizend und engelsmild"

Jemand spielte auf der Klarinette eine Musik, die mich weinen ließ. Die Asche mit Kiras Urne stand irgendwo versteckt zwischen weißen Lilien, Callagebinden, ein paar Biedermeierrosensträußchen und allerlei Manga-Accessoires. In der Leichenhalle traf ich Alexandra und Ivana, Silvi und sogar Sue Helen, Gundula natürlich und auch der Freund aus Leipzig waren da. Mangafiguren tanzten.

Ich sah Kira vor mir. Klarer, als ich sie je gesehen hatte.

Ich fiel in die Musik und lehnte mich mit allem, was in mir war an einen Baum. Ich weiß nicht, ob mich jemand verstand. Und wenn mich jemand verstehen würde, würde er mich anders sehen als Kira es vermocht hatte.

Dann verschwammen der Geruch der Lilien, die Töne der Musik und meine Tränen. Und ich nahm nur noch einen grauen Schleier wahr und die Borke des Baums auf meinem Rücken.

Später, als die Musik verklungen war und alle zusammen noch Kaffee getrunken hatten, um dann in unterschiedliche Richtungen nach Hause zu fahren, ging ich noch einmal allein zu Kiras Platz in dem Friedwald.

Kiras Körper war nun Asche. Ich holte Zigaretten aus der Tasche, eine für sie, eine für mich, dann rauchte ich eine mit ihr, sehr langsam und sehr genüsslich.

Ich setzte mich auf die feuchte Erde und suchte auf meinem Handy eine Youtube-Version der Traviata. So hörten wir noch einmal zusammen ,Un Di, Felice, Eterea'.

Anschließend verbrannte ich mit dem Feuerzeug ein paar meiner Notizen und streute sie in den Wind.

„Gute Fragen sind Aufbruch und Ankommen zugleich", murmelte ich für mich selbst. Und für Kira. Ich wusste: Sie würde irgendwie angekommen sein.

Anmerkungen/Quellen

---

[i] Gemeint ist die Inszenierung der Oper La Traviata von Benedikt von Peter mit Nicole Chevalier in der Rolle der Violetta Valéry (Hannover 2018)

[ii] Die Übersetzungen stammen aus ‚Verdi auf Deutsch: La Traviata Songtexte',

https://www.songtexte.de/musiker//giuseppe-verdi-874444.html (Gefunden am 01.02.2019)

[iii] „Every Body Electric" ist ein Stück der Choreographin Doris Uhlich (Wien). Es wurde am 23.02.18 in Leipzig aufgeführt

[iv] Dieser Online Kongress fand 2018 auf Initiative des Schweizers Nando Stoecklin statt, vgl: https://spieldeinlebenkongress.ch/ (Gefunden am 16.03.2018)

Zeitfracht Medien GmbH
Ferdinand-Jühlke-Straße 7
99095 Erfurt, Deutschland
produktsicherheit@kolibri360.de